소년 프로파일러와
여중생 실종사건

소년 프로파일러와 여중생 실종사건
(청소년 추리소설 십대들의 힐링캠프, 학교 폭력)
[십대들의 힐링캠프®] 시리즈 NO.17

지은이 | 박기복
발행인 | 김경아

2019년 3월 2일 1판 1쇄 발행
2019년 10월 9일 1판 2쇄 발행
2020년 10월 25일 1판 3쇄 발행
2025년 5월 18일 1판 4쇄 발행 (총 6,000부 발행)

이 책을 만든 사람들
책임 기획 | 김경아
기획 | 김효정
북 디자인 | KHJ북디자인
교정 교열 | 좋은글
경영 지원 | 홍종남
표지 일러스트 | 발라

종이 및 인쇄 제작 파트너
JPC 정동수 대표, 천일문화사 유재상 실장

출간 전 도서품평회
양재욱(초6)

펴낸곳 | 행복한나무
출판등록 | 2007년 3월 7일. 제 2007-5호
주소 | 경기도 남양주시 도농로 34, 301동 301호(다산동, 플루리움)
전화 | 02) 322-3856 팩스 | 02) 322-3857
홈페이지 | www.ihappytree.com | bit.ly/happytree2007
도서 문의(출판사 e-mail) | e21chope@daum.net
내용 문의(지은이 e-mail) | yesreading@gmail.com
※ 이 책을 읽다가 궁금한 점이 있을 때는 지은이 e-mail을 이용해 주세요.

ⓒ 박기복, 2019
ISBN 979-11-88758-07-4
"행복한나무" 도서번호 : 108

※ [십대들의 힐링캠프®] 시리즈는 "행복한나무" 출판사의 청소년 브랜드입니다.
※ 이 책은 신저작권법에 의거해 한국 내에서 보호를 받는 저작물이므로 무단 전재 및 복제를 금합니다.

소년 프로파일러와 여중생 실종사건

청소년 추리소설 십대들의 힐링캠프, 학교 폭력

| 박기복 지음 |

작가의 말

청소년 추리소설을 쓰는 이유

　글이란 그릇에 삶을 담아 놓기만 해도 인식이 넓어지고, 따뜻한 위로가 됩니다. 그래서 저는 우리 시대 청소년들이 살아가는 모습을 있는 그대로 담아내는 청소년 소설을 씁니다. 우리 시대 청소년들은 사소한 문제로 친구들과 갈등하고, 오직 밥을 먹기 위해 학교에 가기도 하고, 철부지 같은 사랑도 하고, 별거 아닌 이득을 위해 거짓말도 하고, 게임에 빠져 실수를 저지르기도 하고, 공부에 지쳐 반항도 하지만 때로는 공부에 열정을 보이기도 합니다. 이처럼 다양한 삶이 이제까지 제가 쓴 소설에 담긴 이야기이고, 앞으로 담길 이야기입니다.

　이번이 '소년 프로파일러'를 이름으로 한 셋째 책입니다. 『소년 프로파일러와 죽음의 교실』은 홍구산이 16살(중3)에 벌어진 사건이 배경이고, 『소년 프로파일러와 뱀파이어 학원』은 홍구산이 15살(중2) 때 겪게 된 사건이 배경입니다. 이 책은 홍구산이 14살(중1) 때 겪은 사건을 배경으로 합니다. 주인공인 홍구산은 10대 미혼모 엄마에게서 태어났고, 아빠가 누군지도 모릅니다. 엄마는 국수집을 하고, 이모는 경찰입니다. 홍구산이 어떤 인물인지는 〈죽음의 교실〉에 잘 나옵니다. 이 책에 나오는 이야기는 〈죽음의 교실〉, 〈뱀파이어 학원〉과 얽혀 있으니 더불어 읽으면 좋습니다.

'소년 프로파일러'는 청소년 추리소설이라는 낯선 분야를 다루는 소설입니다. 『명탐정 코난』이나 『소년 탐정 김전일』과 같은 이야기는 아동과 청소년이 주인공이기는 하지만 다루는 소재, 소재를 다루는 방식이 성인 추리소설과 다를 바 없습니다. 이와 달리 '소년 프로파일러'는 청소년 사회에서 벌어지는 범죄를 소재로 하며, 다루는 방식도 일반 성인 추리소설과 다릅니다. 물론 죽음, 자살, 납치와 같은 잔혹한 범죄는 끔찍하기에 청소년들에게 들려주고 싶지 않은 이야기입니다. 그렇지만 우리 청소년들이 처한 처절한 현실이기도 합니다. 저는 '소년 프로파일러' 속에 묘사된 상황이 우리 청소년들이 처한 현실을 가장 잘 보여 준다고 봅니다. 그래서 '소년 프로파일러' 이야기는 청소년이 처한 가혹한 현실을 고발하는 소설입니다.

〈죽음의 교실〉에서는 무한 경쟁 속에서 학생들을 죽음으로 몰아가는 교실을, 〈뱀파이어 학원〉에서는 뱀파이어처럼 학생들 피를 빨아먹으며 사는 파렴치한 어른들을 고발하고자 했습니다. 가혹한 현실이 바뀌지 않는 한 누군가는 피해자가 되고, 또 누군가는 가해자가 될 수밖에 없습니다. 이 책에서도 가해자와 피해자로 얽히고설키는 안타까운 현실을 드러내고자 했습니다.

소년 프로파일러 홍구산이 펼쳐가는 이야기는 해마다 한 편씩 꾸준히 낼 계획입니다. 이 시리즈를 통해 청소년 독자 여러분들이 즐거움과 비판의식을 함께 얻기를 기대합니다.

은석산을 바라보며

時雨

차례

| 작가의 말 | 청소년 추리소설을 쓰는 이유 ● 4
| 등장인물 소개 & 관계도 | ● 8

01. 중학교에서 살아남기 ● 최예서　　12
02. 강한 친구가 필요해 ● 진수용　　28
03. 버려진 물품 창고 ● 한세민　　35
04. 증인 ● 임미혜　　49
05. 북극마녀 ● 최예서　　66
06. 학교폭력대책자치위원회 ● 김동연　　71
07. 진실과 거짓 ● 한세연　　80
08. 드디어 이룬 꿈 ● 진수용　　89
09. 부탁 ● 임미혜　　94
10. 불길한 예감 ● 한세민　　97
11. 체육대회 ● 최예서　　112
12. 립스틱 사건의 진실 ● 임미혜　　119
13. 체육관 ● 심규상　　132
14. 위험한 회의 ● 한세민　　139
15. 학교에 나타난 경찰 ● 최예서　　147
16. 이상한 녀석 ● 김동연　　152
17. 프로파일링 ● 김동연　　179
18. 불꽃 ● 홍구산　　215

| 에필로그 1 | 단 한 가지 이유 ● 김동연　　220
| 에필로그 2 | 세 가지 요구 ● 홍구산　　232
| 에필로그 3 | 용서와 화해 ● 임미혜　　238

등장인물 소개

1학년 1반 학생들

민준서 • 툭하면 야한 말을 하고 다니는 말썽꾸러기 남학생

박찬영 • 홍윤정과 사귀는 일진 남학생

배영진 • 박찬영과 어울리는 일진 남학생

진수용 • 과거 심각한 왕따 경험으로 인해 힘센 친구를 갈망하는 남학생

이은호 • 오직 게임에만 관심이 있는 잘생긴 남학생

차현준 • 일본 만화와 애니메이션을 좋아하는 남학생

장경보 • 늘 잠만 자고 아무것도 안 하는 남학생

박성철 • 1학년 1반에서 1학기 부반장, 2학기 반장을 맡은 남학생

임미혜 • 소심하지만 정의가 실현되기를 바라는 여학생

정경희 • 홀로 있기를 좋아해서 친구를 사귀지 않는 여학생

홍윤정 • 박찬영과 사귀는 일진 여학생

한성미 • 이은호를 좋아하고, 홍윤정과 어울리는 일진 여학생

주혜린 • 1학년 1반의 1학기 반장, 2학기 부반장으로 정의감이 넘치는 여학생

최예서 • 도덕관념이 그리 높지 않은 평범한 여학생

서희진 • 최예서와 절친한 사이로 놀기 좋아하는 여학생

이승희 • 차현준처럼 일본 만화와 애니메이션을 좋아하는 여학생

이슬비 • 차갑고 무서운 분위기 때문에 북극마녀로 불리는 여학생

어른들

김동연 ● 청남경찰서 청소년 범죄 담당 형사

허기영 ● 청남서중학교 교감

오현철 ● 1학년 1반 담임으로 체육 교사

한세민 ● 1학년 기간제 교사

권영근 ● 행정실장

왕대현 ● 학교 정비실에서 일하는 시설 수리공

김팽석 ● 체육관 공사 현장 소장

심규상 ● 체육관 공사 현장 경비

임병호 ● 임미혜 아빠. 학교 체육관 건설 노동자

김민주 ● 민준서 엄마. 학교운영위원회 부위원장

허성숙 ● 정경희 엄마. 평범한 직장 여성

★주의사항 : 이 소설은 서술자가 계속 바뀌며 이야기가 이어지므로, 서술자에 주의하며 읽기 바랍니다.

등장인물 관계도

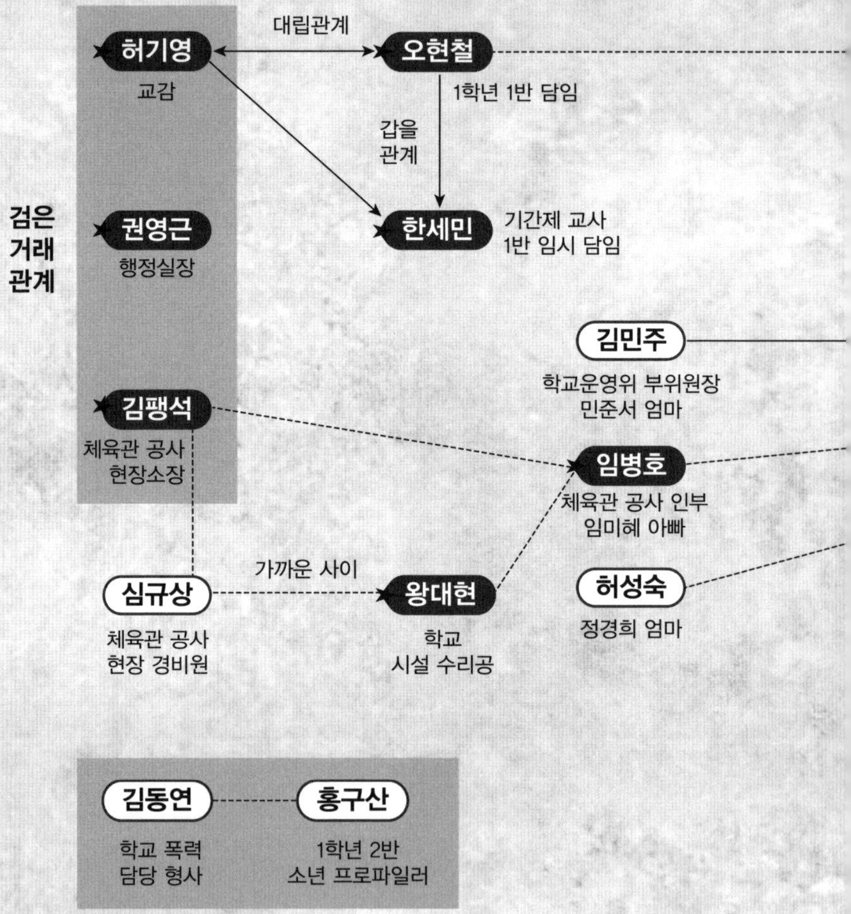

검은 거래 관계

- **허기영** (교감) ⟷ **오현철** (1학년 1반 담임) — 대립관계
- **오현철** → **한세민** (기간제 교사, 1반 임시 담임) — 갑을 관계
- **허기영** → **한세민**
- **권영근** (행정실장)
- **김팽석** (체육관 공사 현장소장)
- **심규상** (체육관 공사 현장 경비원) — 가까운 사이 — **왕대현** (학교 시설 수리공)
- **김민주** (학교운영위 부위원장, 민준서 엄마)
- **임병호** (체육관 공사 인부, 임미혜 아빠)
- **허성숙** (정경희 엄마)
- **김동연** (학교 폭력 담당 형사) — **홍구산** (1학년 2반 소년 프로파일러)

★ 7인의 용의자 : 허기영, 권영근, 김팽석, 오현철, 한세민, 왕대현, 임병호

교차 서술자 : 김동연, 심규상, 임미혜, 진수용, 최예서, 한세민, 홍구산

중학교에서 살아남기

최예서 ● 여학생

새로운 학년이 되면 두 가지를 해야 한다. 첫째, 새로운 무리를 지어야 한다. 무리 속에 들어가야 무시당하지 않고 지낸다. 제대로 된 무리를 만들지 못하면 1년 내내 고생을 하거나, 잘못하면 왕따로 몰릴 수도 있다. 그러니 같이 지낼 무리를 잘 골라야 한다. 둘째, 왕따를 만들어야 한다. 물론 내가 왕따가 되면 절대 안 된다. 나보다 못난 애, 안심하고 건드려도 되는 애가 한 명 생기면 나는 안전해진다. 계속 다니는 초등학교지만 새로운 학년이 되면 늘 새롭게 두 가지 과제를 해내야 했고, 학기 초에는 늘 긴장과 눈치를 끌어올려야 했다.

중학교 1학년이 되자 긴장과 눈치가 초등학교 때와는 견줄 수 없을 만큼 치솟았다. 첫날부터 새로운 학년, 새로운 학교, 새로운 애들이 치열한 눈치 전쟁을 벌였다. 같은 학교 출신이나 아는 애가 있으면 천만다행인데 나는 그렇지 못했다. 우리 반에는 같은 학교 출신이 단 한 명도 없어서 완전히 외따로 떨어진 신세였다. 이럴 때는 일단 찍히지 않아야 한다. 무리 만들기를 조금 미루더라도 이상한 애로 찍히지 않게 조심해야 한다. 너무 나대거나, 뒷담화를 하거나, 욕을 함부로 하거나, 지나치게 튀거나, 새침함이 과하면 꼬투리가 잡히고 꼬투리가 잡히면 깔보고 괴롭혀도 되는 애가 되고 만다. 그렇다고 눈치를 대놓고 살피고 소심한 낌새를 내비쳐도 안 된다. 만만하다는 인상을 주면 아무나 와서 건드리고 말도 함부로 한다. 그런 게 쌓이면 어느 순간 왕따가 되고 만다.

조심스럽게 친구를 살피던 나는 적극성이 넘쳐 흐르는 주혜린을 눈여겨보았고, 먼저 말을 건넸다. 혜린이는 에너지가 넘쳐서 늘 밝고 환했고, 뭐든 적극적으로 나섰다. 그렇다고 나댄다는 느낌이 들지는 않았다. 내가 접근할 때까지도 혜린이는 남다르게 가까운 애가 없어서 접근하기 딱 좋았다. 혜린이와 나는 어렵지 않게 가까워졌다. 그다음에 가까워진 애는 서희진이었다. 희진이와 나는 좋아하는 아이돌 그룹이 같아서 자연스럽게 말을 섞었다. 성향도 나와 엇비슷해 통하는 면이 많았다.

희진이가 나와 가까워지면서 이승희도 우리 무리에 끼었다. 희진이와 승희가 이미 가깝게 지내는 사이였기 때문이다. 승희는 일본 만화를 미친 듯이 좋아했는데, 일본 애니메이션에 나오는 여자 주인공처럼 말하며 놀기를 좋아했다. 몸동작도 따라했는데 처음에는 그런 모습이 거슬렸다. 나와 달리 혜린이는 승희가 애니메이션 주인공과 같은 목소리를 내면 아주 즐거워했다. 혜린이가 즐거워하니 내 거부감도 점점 줄어들었다. 계속 접하면서 익숙해져 갔다. 무엇보다 승희가 나보다 약간 모자라 보여서 괜찮았다. 혜린이는 누가 봐도 나보다 잘났고, 희진이는 취향이 맞아 어울리기 좋은데, 승희는 나보다 못났다. 나보다 못난 애가 무리에 한 명쯤 있으면 걱정이 덜어진다. 무리끼리 지내다 보면 가끔 다투기도 하고 서로 긴장이 만들어질 때도 있는데, 승희같이 모자라 보이는 애가 있으면 잘못을 뒤집어씌우기 편하다. 반에도 왕따가 있어야 하듯이 무리에도 조금은 못난 애가 있어야 좋다. 어디에나 화풀이할 대상은 있어야 한다.

첫 과제를 이루고 난 뒤, 나는 둘째 과제를 이루기 위해 긴장과 눈치를 끌어올렸다. 물론 내가 적극적으로 나서서 왕따를 만들 생각은 없었다. 잘못했다가는 내가 역으로 당할 수 있기 때문이다. 무리를 형성하기는 했지만 아직 탄탄하지 않은 상황에서 섣불리 왕따 만들기에 나섰다가 모든 게 어그러져 버릴 수 있기 때문이다. 그렇다고 가만히 기다리고 있을 수만 없었다. 왕따가 없다는 것은 내가 언제든지 왕따가 될 가능성이 남아 있다는 말과 같기 때문이다. 그런 가능성이 조금만 있어도 학교 생활이 주는 긴장감은 견디기 힘들 만큼 올라간다. 빨리 왕따가 나와야 한다. 왕따까지는 아니어도 만만해서 함부로 해도 되는 애가 반드시 나와야 한다. 다행스럽게도 3주밖에 안 지났는데 왕따로 찍힌 애가 나타났다. 그것도 두 명이나 되었다. 한 명은 확실한 왕따였고, 다른 한 명은 여느 왕따와는 느낌이 조금 달랐지만 왕따는 왕따였다. 두 명이나 왕따가 등장했으니 편안한 한 해가 보장된 셈이었다.

먼저 왕따가 된 애는 임미혜였다. 임미혜를 왕따로 만들어 버린 이는 한성미였다. 한성미는 새 학년 첫날, 낯선 애들이 즐비한 교실에서 쌍꺼풀 수술을 했다며 자랑했다. 큰 눈을 반짝거리며 엄마가 겨울방학에 쌍꺼풀 수술을 시켜 줬다고 자랑하는 한성미를 여자애들은 몹시 부러워했다. 14살에 쌍꺼풀 수술을 시켜 주는 부모를 둔 한성미가 나도 부러웠다. 부러움은 힘이 되었고, 한성미는 자연스럽게 힘을 거머쥐었다. 한성미와 같이 다니는 단짝은 홍윤정이었는데, 딱 봐도 강한 기운을 풍겼다.

임미혜는 딱히 눈에 띄는 애는 아니었다. 나대지도 함부로 말하지도 않았다. 새침하지도 소심하지도 않아서 왕따 당할 만한 됨됨이는 전혀 없었다. 지극히 평범한 임미혜가 재수없게 한성미에게 찍히고 말았다.

사건은 체육 시간에 벌어졌다. 여학생들끼리 피구를 했는데 나는 한성미, 홍윤정, 임미혜 등과 같은 편이었고, 혜린이는 다른 편이었다. 첫 시합에서 혜린이는 맹활약을 했고, 혜린이 때문에 우리 편이 졌다. 시합을 하는데 한성미 입에서 욕이 여러 차례 나왔고, 욕하는 대상은 주로 혜린이었다. 크게 내뱉지는 않아서 상대편은 들을 수 없었지만 네모 칸 안에 붙어 있는 같은 편들은 모두 들을 수 있었다. 나와 가깝게 지내는 혜린이를 향한 욕이었기에 조금 거슬리기는 했지만, 나도 욕을 꽤 하기에 그러려니 했다.

첫 시합을 끝내고 잠깐 쉴 때 나는 혜린이를 찾아갔다.

"야, 좀 살살해라!"

나는 장난스럽게 말했다.

"시합은 시합답게 해야지."

승부욕이 넘치는 혜린이는 내가 이런 부탁을 한다고 들어줄 애가 아니었다. 그럼에도 그냥 장난처럼 이야기했고, 그러면서 우리는 웃었다. 그렇게 잠깐 가벼운 수다를 나누는데 임미혜가 굳은 얼굴로 혜린이를 찾아왔다.

"저, 할 말 있는데……."

임미혜는 아주 조심스럽게 혜린이에게 말을 건넸다.

"뭔데?"

혜린이는 밝고 유쾌한 목소리로 대꾸했다.

임미혜는 뭔가 말을 하려다 말고 자꾸 망설였다.

"왜 그래? 하고 싶은 말이 있으면 바로 해. 뭐 그렇게 눈치 보냐?"

혜린이는 하고 싶은 말을 속에 담아 두지 않는다. 잘못된 일을 접하면 바로 말한다. 여자애들이 마음에 안 드는 말이나 행동을 하면 바로 지적하고, 남자애들이 지나치게 장난을 쳐도 그냥 두지 않는다. 혜린이에게는 카리스마가 있었다. 혜린이 말에서 용기를 얻었는지 임미혜는 아주 중요한 비밀이라도 털어놓듯이 혜린이에게 조용히 말을 건넨다.

"저기……, 피구 시합할 때 성미가 자꾸 욕을 해서…….”

"성미가, 욕을? 왜? 누구에게?”

혜린이는 눈을 치켜뜨며 물었다.

"그게……, 네가 공으로 우리 편 애들을 맞추거나, 우리 편이 던진 공을 네가 잡을 때마다 계속 욕을 했어.”

"정말?”

"응. 다른 애들도 다 들었는걸.”

혜린이는 나를 쳐다봤다. 나도 들었냐는 물음이었다. 이럴 때 괜히 의견을 말하면 안 된다는 걸 나는 본능으로 알았다. 나는 그냥 어깨만 으쓱하고 말았다. 혜린이가 내 몸짓을 어떻게 받아들였는지는 모르겠지만, 내 몸짓을 보자마자 혜린이는 한성미를 찾아갔다.

"야, 한성미!”

혜린이가 큰 소리로 한성미를 불렀다.

"왜?”

한성미는 쌍꺼풀 수술을 해서 커진 눈을 더 크게 떴다. 눈이 얼굴의 반을 차지하는 만화 속 여자 주인공처럼 보였다.

"너, 피구 시합할 때 나 욕했냐?”

"뭐?”

한성미 얼굴이 일그러졌다.

"피구 시합할 때 나한테 욕하지 않았냐고?”

"뭔 소리래.”

"욕했구나! 너 정말 그럴래?"

혜린이는 무서운 기세로 한성미를 노려보았고, 잘나가는 한성미였지만 혜린이에게는 기가 죽을 수밖에 없었다.

"도대체 누가 그래? 내가 욕했다고. 너야?"

한성미는 나를 노려봤다. 피구할 때 같은 편이었고, 혜린이와 가깝게 지내는 사이기 때문에 한성미가 나부터 의심하는 건 당연했다. 한성미가 동그란 눈으로 나를 노려보자 나는 불안감이 엄습했다. 내가 하지도 않은 일에 내가 끌려 들어가고 있었다. 그렇다고 임미혜가 일러바쳤다고 말할 수도 없었다. 내가 아니라고 말한다고 해서 믿어 줄 한성미도 아니었다. 이러지도 저러지도 못하고 난감해하는데 혜린이가 내 고민을 일거에 해소해 주었다.

"미혜가 와서 말해 줬거든. 그리고 누가 말하든 그게 무슨 상관이야. 네가 내 욕을 했는지 안 했는지가 핵심이잖아."

혜린이는 미혜가 일러바쳤다는 사실을 아무렇지 않게 말해 버렸다. 그것은 실수였다. 나 같으면 절대 그렇게 말하지 않는다. 물론 혜린이처럼 당당하고 거리낌 없이 사는 됨됨이라면 아무렇지 않을지 모르지만, 나나 임미혜처럼 평범한 애들에게는 문제가 될 수 있기 때문이다. 물론 그때 혜린이는 한성미가 욕을 했는지 여부가 본질이라고 여겼고, 그건 혜린이 생각이 옳다. 그렇지만 옳다고 꼭 적절한 선택은 아니다. 혜린이는 옳지만 부적절한 선택을 했고, 부적절한 선택은 폭풍이 되어 임미혜를 향했다.

"야, 네가 그랬냐?"

한성미는 혜린이 물음에 답하지 않고 임미혜를 째려봤다.

"넌, 내 말에 대답 안 해? 나한테 욕했지, 맞지?"

혜린이가 다그쳤지만, 한성미는 대답은 않고 임미혜만 노려보았다.

"네가 정말 그랬냐고?"

다시 한성미가 다그치자 임미혜는 약간 겁먹은 표정으로 고개를 끄덕였다.

"이게 정말."

사자가 곧 잡아먹을 먹잇감을 앞에 놓고 노려보는 기세가 한성미에게서 풍겼다.

"네가 욕했잖아!"

임미혜는 있는 힘, 없는 힘을 다 짜내어 한성미에게 항거했다.

"그렇게 안 봤는데……, 넌 없는 말도 지어내는구나!"

한성미는 가엾음과 비웃음을 버무린 말투를 내뱉은 뒤 팔짱을 꼈고, 임미혜 얼굴은 심하게 일그러졌다.

"너희들, 내가 욕하는 거 들었니?"

한성미는 그 큰 눈으로 둘레에 있는 아이들을 차례로 살피며 물었다.

이럴 때 내가 나서서 한성미가 욕하는 걸 들었다고 하면 어떻게 될까? 한성미는 못된 애가 되고 임미혜는 억울함에서 벗어나게 될까? 어쩌면 내가 나서면 정의가 실현될지도 모른다. 혜린이는 아주 강하게 한성미를 나무랄 테고, 한성미는 사과하게 될 것이다. 그렇게 된 뒤에는 어떤 일이 벌어질까? 한성미가 애들에게 찍혀서 왕따가 될까?

내 어림에 그럴 가능성은 희박했다. 한성미는 쉽게 왕따가 될 됨됨이가 아니었다. 한성미는 아주 강했고, 단짝인 홍윤정은 한성미보다 더 무서운 애였다. 한성미와 홍윤정은 자신이 당한 일을 나중에 반드시 되갚아 줄 것이다. 내가 그런 위험을 감수하면서까지 나설 이유는 없었다. 다른 애들도 나와 비슷한 생각을 하는지 임미혜를 변호하기 위해 나서지 않았다. 남들이 나서지 않는데, 정의감이 넘치지도 않는 내가, 위험을 무릅쓰고 혼자 나설 까닭은 없었다. 그래서 나는 다른 애들처럼 아무 소리 안 하고 가만히 있었다.

아무도 나서지 않으니 임미혜는 졸지에 없는 말을 지어서 한성미를 모함한 못된 애로 몰렸다. 혜린이는 분위기가 묘하게 돌아가자 임미혜를 의심스럽게 쳐다봤다. 진실을 모르는 애들은 당연히 한성미 편에 섰다. 진실을 아는 애들도 한성미와 나란히 서서 임미혜를 경멸하는 눈길로 바라보았다. 그 순간 우리 반에서는 왕따가 탄생했다. 정의가 패배하고 불의가 승리하는 상황이었기에 양심에 찔렸지만, 왕따 걱정에서 벗어났다는 안도감에 마음 깊이 기쁨이 피어올랐다. 아마 혜린이를 제외하면 다들 속마음이 나와 다르지 않았을 것이다.

가끔 그때를 떠올리면 의문이 든다. 도대체 임미혜는 무슨 의도로 한성미가 욕한 걸 혜린이에게 일러바쳤을까? 욕은 나쁘다는 정의감 때문이었을까? 아니면 한성미를 엄청 싫어해서 한성미가 혜린이에게

혼이 나기를 바랐던 걸까? 그것도 아니면 우리 무리에 끼고 싶었던 걸까? 혹시 반장 선거 전이라서 혜린이가 반장이 되기를 바라는 마음이었을까? 이게 가장 그럴 듯해 보였지만 따지고 보니 그것도 적절하지 않았다. 반장으로 혜린이를 밀고 싶다고 해도 그런 모험을 할 이유는 없었다. 아무리 따져 봐도 그럴 듯한 이유가 떠오르지 않았다. 하긴, 이유가 왜 중요하겠는가? 이유가 무엇인지 모르지만 임미혜는 그릇된 결정을 내렸고, 나는 왕따 걱정에서 벗어났다. 나로서는 그걸로 넉넉했다.

그다음 날 선거에서 혜린이가 반장이 되었고, 박성철이 부반장이 되었다. 반장에서 떨어졌지만 한성미는 여자애들 사이에서 가장 잘나가는 애가 되었다. 임미혜를 왕따 시킨 그 힘을 혜린이 빼고는 다들 두려워했다. 기분이 나쁘면 괜히 시비를 걸고, 자신이 잘못해도 상대방에게 사과를 요구했다. 물론 혜린이에게는 감히 그러지 못했다. 임미혜는 늘 주눅이 들어 지냈고, 애들에게 툭하면 놀림을 당했다. 나도 가끔 스트레스가 쌓이면 임미혜에게 풀었다. 괜히 툭 친 뒤에 화를 내면서 사과하라며 다그치고, 옷차림을 트집 잡아서 놀리기도 했다. 그러고 나면 기분이 조금 풀리고 내가 왕따가 아니라는 현실을 확인하고 안심했다. 내가 그럴 때마다 혜린이는 못마땅한 눈치였지만 굳이 나서서 임미혜를 지켜 주지는 않았다.

그 이후 임미혜 말고 왕따가 한 명 더 생겼다. 정경희는 여느 왕따와는 조금 달랐다. 정경희는 다른 애들에 의해서 왕따가 된 게 아니라 아무도 상대를 안 하면서 스스로 왕따가 되었다. 그래서 왕따라기보다는 외톨이란 말이 더 맞았다. 됨됨이가 모나지도 않았고, 수업 때 하는 걸 보면 사교성이 없지도 않은데 왜 외톨이로 지내는지 모르겠다. 정경희는 늘 심각한 얼굴로 혼자 지냈고, 그런 정경희에게 아무도 다가가지 않으면서 자연스럽게 왕따가 되었다.

왕따가 확실해지고, 함께 지내는 무리와도 잘 어울리면서 나의 학교생활은 무난하게 흘러갔다. 그러다 걸림돌이 하나 생겼다. 그 걸림돌은 바로 '민준서'란 남자애였다. 민준서는 늘 야한 이야기만 하는 못된 남자애다. 남자애들뿐 아니라 여자애들 앞에서도 종종 야한 이야기를 자랑스럽게 늘어놓았다. 물론 나도 여러 번 들었다. 그런 민준서를 보고 혜린이가 몇 번이나 화를 내고, 심하면 등짝을 때리기도 했다. 혜린이가 강하게 나가자 민준서는 혜린이가 보이는 곳에서는 야한 이야기를 하지 않았다. 다행히 나는 혜린이와 거의 늘 붙어 지냈기에 민준서가 하는 이야기를 점점 듣지 않게 되었다. 그런데 어쩔 수 없이 야한 이야기를 들어야 하는 상황이 생기고 말았다. 바로 청소 시간이다.

처음에 우리 반은 모두 함께 청소했는데, 하는 애와 안 하는 애로 나뉘면서 말썽이 생겼다. 그런 모습을 쭉 지켜보던 오현철 담임 선생님은 청소 모둠을 다섯 개로 나눈 뒤 각 모둠이 번갈아가며 청소하도록 했다. 청소 담당이 아닌 애들은 종례가 끝나면 바로 보내 주었다. 5일

가운데 하루만 청소하면 되기에 다들 좋아했다. 물론 청소를 하는 날은 여섯 명만 따로 남아서 청소하는 것이 싫지만, 그래도 하루만 고생하는 게 날마다 청소하는 것보다는 더 좋았다. 그런데 우리 청소 모둠에 민준서가 있다는 점이 문제였다.

　우리 청소 모둠에는 왕따인 정경희와 임미혜도 있었다. 임미혜는 내 말을 아주 잘 따르고, 정경희는 외톨이긴 하지만 성실하게 청소를 하니 둘은 괜찮다. 진수용도 청소를 부지런히 하는 편이어서 괜찮다. 배영진은 우리 학교 남자 일진인 박찬영과 어울리며 노는 애로 막무가내다. 배영진은 청소도 제대로 안 하고 가 버리기 일쑤였다. 청소를 해도 하는 시늉만 하기 때문에 있으나 없으나 마찬가지였다. 그렇지만 민준서는 청소를 하는 내내 야한 이야기를 늘어놓았다. 내 옆에서도 자꾸 야한 이야기를 하니 청소 시간마다 짜증이 났다.

　민준서와 같이 있는 청소 시간만 빼면 학교 생활은 괜찮은 편이었다. 무엇보다 함께 지내는 혜린이, 희진이, 승희와 아무 문제없이 지내서 참 좋았다. 혜린이는 믿음직하고, 희진이는 나와 잘 맞고, 가끔 이상한 짓을 하는 승희도 나름 괜찮았다. 모든 게 완벽한 중학교 생활이었다. 그러다 이 안정된 모둠에 위기가 찾아왔다. 그 일은 아주 사소한 데서 비롯했다.

　앞서 말했듯이 희진이와 나는 같은 아이돌을 좋아해서 가까워졌고, 가까워진 뒤에도 희진이와 좋아하는 아이돌에 관한 정보를 공유하며 자주 어울렸다. 함께 앨범을 사고, 이야기도 나누면서 무척 즐겁게 지냈다. 그날도 함께 좋아하는 아이돌 사진을 보면서 낄낄거리며 놀고 있었다. 점심시간이었고 교실에는 몇 명 없었다. 그때 희진이가 교실 뒤편에 있는 이은호를 보며 아주 작게 중얼거렸다.

"예서야, 저기 은호, 우리 오빠랑 닮지 않았어?"

희진이는 자기가 가장 좋아하는 오빠 사진과 이은호를 번갈아 보면서 빙그레 웃었다.

"그런가? 난 잘 모르겠는데……."

"잘 봐 봐. 닮았잖아."

희진이는 내 눈앞에 사진을 들이대고 동의를 강요했다.

이럴 때는 말을 더는 못 하게 막아야 한다. 그래서 나는 일부러 짓궂은 질문을 했다.

"야, 너 설마, 은호 좋아하냐?"

"뭔 소리야? 그냥 닮았다고."

희진이는 화들짝 놀라며 더는 내게 우리 오빠와 은호가 닮았다는 말을 하지 않았다. 그렇게 그 대화는 끝났고, 우리는 다른 이야기로 넘어갔다. 그런데 그 대화가 말썽을 일으켰다. 종례가 끝나고 집에 갈 때였다. 주혜린은 오현철 선생님이 불러서 교무실에 갔고, 승희는 청소 당번이었다. 그래서 나와 희진이만 함께 밖으로 나가는데, 도중에 한성미와 홍윤정이 막아섰다.

"야, 서희진! 너, 이은호 좋아한다며?"

임미혜를 거짓말쟁이로 몰았던 그 표정을 지으며 한성미는 희진이를 몰아붙였다.

한성미는 이은호를 좋아한다. 아주 대놓고 말하고 다닌다. 이은호가 잘생겼기 때문에 여러 여자애들이 관심을 보였지만, 한성미가 좋아한다는 걸 알고는 다들 마음을 접었다. 한성미에게 찍히면 좋을 게 없기 때문이다. 이은호는 게임 외에는 관심이 없기에 한성미가 좋아한다고 말해도 들은 척도 안 했다. 그럴수록 한성미는 이은호에게 더욱 집착했다.

상황이 이러니 희진이는 부인할 수밖에 없었다. 그렇지만 한성미는 희진이 말을 믿지 않았다. 믿지 않았을 뿐 아니라 희진이가 부정하면 할수록 분노하는 강도가 더욱 올라갔고, 마침내는 희진이 머리를 휘어잡아 채고 말았다.

"이게, 어디서, 거짓말이야! 들은 사람이 있는데."

그러면서 한성미는 희진이를 끌고 갔다.

"저기……."

어떻게 할 줄 몰랐던 나는 희진이가 끌려가는 상황이 돼서야 말려 보려고 나섰다.

"넌 꺼져!"

홍윤정이 내 어깨를 쳤고, 나는 뒷걸음질했다.

나는 멍하니 서서 한성미와 홍윤정에게 끌려가는 희진이를 보기만 했다. 그리고 조금 뒤 그 셋을 뒤따라가는 임미혜를 보았다. 그제야 무슨 일이 벌어졌는지 알아차렸다. 나와 희진이가 나누는 대화를 임미혜가 몰래 듣고, 희진이가 이은호를 좋아한다고 한성미에게 일러바친 모양이었다. 임미혜가 자신을 왕따로 만들어 버린 한성미 눈에 들려고 고자질한 게 분명했다.

한성미와 홍윤정은 학교 뒤편으로 희진이를 끌고 갔고, 그 뒤에 무슨 일이 벌어졌는지는 전혀 모른다. 희진이가 걱정스러웠지만 한성미와 홍윤정에게 찍힐까 봐, 그날 저녁 희진이에게 문자도 보내지 못했다. 희진이도 걱정됐지만 나도 이런 상황을 어떻게 대처해야 할지 몰랐다. 희진이는 내 단짝이고, 나와 같은 무리인데 앞으로도 계속 같이 지내야 할지도 고민스러웠다. 화가 난 한성미와 홍윤정이 앞으로도 희진이를 계속 괴롭힐 테고, 그 옆에 있다가는 나도 덩달아 괴롭힘을 당할지도 모른다. 희진이와 멀어져야 할까? 혜린이가 우리 무리에 있으니 괜찮을까? 결론을 쉽게 내릴 수 없었다.

그다음 날 희진이는 아무렇지 않게 학교에 왔다. 전날 있었던 일에 대해서는 서로 한마디도 하지 않았다. 희진이는 한동안 눈에 띄게 말수가 줄었고, 생기가 없어졌다. 걱정과 달리 한성미와 홍윤정은 더 이상 희진이를 괴롭히지 않았고, 희진이도 시간이 지나면서 옛날 모습을 되찾았다. 임미혜는 한성미와 홍윤정 옆에 착 달라붙어서 지냈고, 그런 임미혜를 더는 아무도 괴롭히지 못했다. 임미혜가 왕따에서 벗어나고, 정경희는 외톨이였지만 막 대할 수 없는 애로 자리매김해 갔다. 이렇게 우리 반에는 만만한 왕따가 사라져 버렸다. 왕따가 사라지면 누구든 왕따가 될 수 있다. 뭔지 모를 불안감이 엄습했고, 그럴수록 나는 우리 무리끼리 잘 지내려고 애썼다. 하지만 그 사건이 일어나기 전처럼 희진이와 스스럼없이 어울릴 수는 없었다.

02 강한 친구가 필요해

진수용 ● 남학생

초등학교 5학년 때 나는 왕따였다. 내 손이 닿기만 하면 더럽다면서 애들이 피했다. 냄새 난다고 해서 깨끗이 씻고 새 교복까지 맞춰 입고 갔지만, 그래도 냄새가 난다며 놀림을 당했다. 외모로 놀림을 당하는 건 일상이었다. 말투도 숱하게 트집이 잡혔으며, 손짓 하나에도 괴롭힘을 당했다. 놀림당한 걸 그다음 날 바꿔 봐야 소용없었다. 그냥 내 존재가 놀림거리였다. 나는 그렇게 대해도 되는 대상이었다. 그 끔찍함은 안 겪어 본 사람은 모른다.

그런데 6학년 때 반전이 일어났다. 친구 덕분이었다. 새 반에서도 나는 괴롭힘을 당할 대상으로 찍혔고, 첫날은 어김없이 괴롭힘을 당했다. 둘째 날, 우리 반에 전학생이 왔는데 그 애는 나와 같은 유치원을 다녔던 친구였다. 그 친구는 얼굴도 잘생겼고, 게임도 잘하고, 말발도 좋았다. 여자애들에게도 인기가 많았다. 이런 친구가 나와 친하게 지내자 나는 자연스럽게 왕따에서 벗어나게 되었다. 6학년 동안은 아무도 나를 괴롭히지 않았다

지옥을 겪은 뒤에 행운으로 찾아온 자유는 천국이었다. 그 친구는 내 구원자였다. 중학교도 같은 학교에 가기로 마음먹었다. 친구도 나와 같은 학교에 가고 싶다고 했다. 그런데 그 친구가 중학교에 올라갈 때 집이 신시가지 쪽으로 이사하게 되어 다른 학교로 배정받았다. 그 소식을 듣고부터 나는 지옥으로 끌려가 고문을 당하는 두려움에 떨었다. 또다시 5학년 때와 같은 일을 겪을지도 모른다는 두려움은 상상 이상이었다. 그렇다고 나도 따라 이사할 수 없으니 방법은 하나뿐이었다. 강한 친구를 사귀어야 했다. 강한 친구 옆에 있으면 안전해지기 때문이다.

중학교 개학 첫날, 나는 강해 보이는 애를 찾았다. 강한 애들은 금방 눈에 띈다. 끔찍한 괴롭힘을 당해 본 사람은 본능으로 강한 사람을 알아본다. 나는 몇 시간도 지나지 않아 박찬영과 배영진이 강하다는 걸 알아보았다. 박찬영은 키가 크고 잘생겼다. 배영진은 사나운 인상에 싸움을 잘하게 보였다. 박찬영과 배영진과 가까워져야만 한다. 그러나 만만치 않은 일이었다. 가까워지고 싶어도 그럴 만한 기회가 생기지 않았다. 일단은 왕따로 찍히지 않으려고 조심하는 수밖에 없었다. 내가 기회를 잡지 못하는 사이에 민준서가 그 둘과 가까워졌다.

민준서는 첫날부터 엄청 잘난 척하며 야한 이야기를 해 댔다. 듣기 싫다고 하면 더 떠들어 대며 깔깔거렸다. 그대로 두면 모두가 기피하는 대상이 될 만한 놈이었다. 왕따가 될 줄 알았는데 그런 이상한 놈이 박찬영, 배영진과 가까워졌다. 민준서가 둘과 가까워진 이유는 돈이었다. 민준서 집은 엄청난 부자라고 소문이 자자했고, 스스로 돈 자랑도 많이 했다. 아빠가 큰 병원 원장인데 청남시에서 휴먼병원 다음으로 큰 병원이라고 했다. 민준서는 용돈이 두둑해서 박찬영과 배영진이 놀기에 부족함이 없도록 뒷받침해 준다는 소문이었다. 민준서가 돈을 대주니 박찬영과 배영진은 민준서를 늘 가까이에 두었다. 내가 박찬영과 배영진 옆자리에 서려고 했는데, 그 자리를 민준서가 차지해 버리니 막막하고 불안했다. 또다시 끔찍한 불행 속으로 끌려 들어갈지도 모른다는 걱정에 늘 가슴이 조마조마했다. 그러나 다행히 우리 반에 이상한 두 녀석이 있어서 내가 찍히지 않았다.

장경보는 맨날 잠만 잤다. 학교에 와서 갈 때까지 깨어 있는 시간이 별로 없었다. 다른 애들이 툭툭 치고 지나가도 꿈쩍을 안 했다. 장경보는 아무에게도, 아무것에도 마음을 두지 않았다. 처음에는 만만하게 보고 건드리던 애들도 장경보가 아무런 반응을 보이지 않으니 시들해져 버렸다.

차현준은 일본 문화에 푹 빠진 오타쿠였다. 가끔 이상한 짓도 많이 했다. 수업 시간에 갑자기 일어나서 아무 말 없이 나가 버리기도 하고, 선생님이 발표를 시키면 알아듣지 못하는 일본말을 늘어놓기도 했다.

다들 이상한 놈이라고 놀리고 손가락질해도 차현준은 보는 척도 안 했다. 차현준이 유일하게 어울리는 애는 이승희였다. 이승희는 일본 애니메이션을 차현준 못지않게 좋아하는 여자애였다. 차현준과 이승희가 만나면 둘은 우리말이 아니라 일본말로 대화했다. 옆에서 뭐라고 하든 아랑곳 않고 둘이 어울렸다. 처음에는 둘이 사귀는 줄 알았는데 그건 아니었다.

　장경보와 차현준이 워낙 못나 보여서 나는 안심을 했다. 그 둘이 찍혔으니 나는 괜찮겠다고 좋아했다. 그런데 장경보와 차현준이 지나치게 괴상망측하다 보니 그 둘은 아예 열외였다. 교실에 없는 사람이나 마찬가지였다. 그렇게 되니 다시 불안해졌다. 그 불안은 계속해서 나를 괴롭혔다. 내 안테나는 늘 박찬영과 배영진을 향했다. 그 둘과 어떻게 해서든 가까워지고 싶었기 때문이다. 그래서 그런지 몰라도 박찬영과 홍윤정이 사귄다는 사실도 내가 가장 먼저 알았다. 늘 눈여겨보니 둘 사이에 일어나는 미묘한 변화도 알아차릴 수 있었다. 가장 먼저 알았지만 절대로 먼저 말하지 않았다. 둘이 사귄다고 밝히지도 않았는데 내가 미리 발설했다가는 바로 찍힐 수 있기 때문이다.

　나는 어떡하든 배영진, 박찬영과 가까워질 기회만 노렸는데, 아주 좋은 기회가 생겼다. 바로 배영진, 민준서와 같은 청소 모둠이 되었기 때문이다. 청소를 하면서 배영진과 가까워지고 싶었는데 작은 기회가 생긴 것이다. 배영진은 청소 시간이 되면 그냥 가 버렸는데, 나는 배영진이 맡은 청소를 모두 감당했다. 그래서 담임 선생님은 배영진이 청소하지 않는 걸 몰랐다. 배영진이 내가 얼마나 열심히 하는지 알아주기를 바랐지만 배영진은 그런 내 마음을 알아주지 않았다.

민준서는 청소를 하는 내내 야한 이야기를 했다. 특히 남자가 나밖에 없으니 내 옆에 바짝 붙어서 끊임없이 야한 이야기를 쏟아 냈다. 짜증이 나서 듣기 싫다고 한마디 해 주고 싶었지만 참을 수밖에 없었다. 민준서와 가까워지면 박찬영, 배영진과도 가까워질 기회가 생기리라 믿었기 때문이다. 그러나 야한 이야기만 하는 민준서에게 짜증만 쌓일 뿐 가까운 관계가 되지는 못했다.

맨날 나에게만 야한 이야기를 늘어놓다가 질렸는지 한번은 같이 청소하는 여자애들에게 집적거렸다. 최예서는 복도 쪽을 치우고 임미혜, 정경희와 같이 교실 안을 정리하는데 민준서가 정경희에게 자꾸 야한 이야기를 했다. 정경희는 민준서가 말하거나 말거나 듣는 척도 하지 않았다. 정경희가 반응을 보이지 않자 민준서는 넘지 말아야 할 선을 넘고 말았다.

"야, 엉덩이가 그게 뭐냐. 더 흔들어 봐! 허리를 더 숙이고."

빗자루질을 하는 정경희 뒤에서 이렇게 말한 것이다. 그건 단순한 야한 이야기가 아니었다. 정경희도 더는 참지 못했다.

"저리 안 가!"

정경희는 들고 있던 빗자루를 민준서를 향해 살짝 휘둘렀다.

"어, 그래, 그래! 그렇게 흔들어 줘야 흥분하지."

정경희는 발끈했고 민준서 다리를 빗자루로 세게 쳤다. 퍽 소리가 날 만큼 강했다. 민준서는 '아얏' 하고 소리지르며 뒤로 물러섰다. 그게 6월 어느 날이었고, 그 뒤로도 민준서는 그날만큼은 아니었지만 여자애들에게 틈만 나면 집적거렸다. 나머지 1학기 생활은 큰 변화 없이 흘렀고, 여름방학이 끝나고 2학기가 왔다.

2학기 첫날, '이슬비'라는 여학생이 전학을 왔다. 이슬비는 처음부터 차가운 기운이 풀풀 풍겼고, 그로 인해 여학생들 사이에서는 작은 파문이 일었다. 물론 내 관심사는 전혀 아니었다. 방학이 끝나고 민준서는 야한 이야기를 더욱 많이 쏟아 냈다. 심지어 만만해 보이는 선생님이 들어오면 수업 시간에도 툭툭 내뱉는 지경에 이르렀다.

그러다 그 사건이 터졌다. 이번에도 상대는 정경희였다. 우리 모둠이 청소 당번을 할 때였다. 물론 배영진은 사라지고 없었다. 민준서는 늘 똑같았다. 늘 그래왔기에 여자애들도 못 들은 척했다. 나는 그냥 몇 번 형식상 맞장구만 쳐 주었다. 민준서가 배영진, 박찬영과 가까운 사이기에 어쩔 수 없었다. 최예서는 선생님께 청소가 끝났다고 말하러 교무실로 갔고, 나와 정경희, 임미혜, 민준서는 교실에 앉아서 기다렸다. 정경희는 운동장 쪽 창가에, 임미혜는 복도 쪽 창가에 앉아 있었다. 민준서는 나를 상대하기 지겨웠는지 갑자기 일어나더니 정경희 쪽으로 갔다. 정경희는 팔을 다리에 올려놓고 머리를 책상에 댄 채 엎드려 있었다.

그때 민준서가 정경희에게 말하는 소리가 들렸다.

"야, 몰래 자위하냐?"

그 순간 나는 내 귀를 의심했다. 민준서가 야한 이야기를 많이 하기는 했지만 여자애를 대상으로 그렇게 심한 말을 하기는 처음이었다.

"뭐래?"

처음에 정경희는 민준서가 한 말을 제대로 못 알아들은 모양이었다.

"자위하냐고? 그 손 사타구니에 놓고."

정경희는 화들짝 놀라 손을 다리에서 치우며 벌떡 몸을 일으켰다.

"뭔 개소리야?"

정경희는 화가 잔뜩 나서 소리를 버럭 질렀다.

정경희는 얼굴이 벌겋게 달아오르며 화를 냈지만, 민준서는 깔깔거리며 웃기만 했다.

03 버려진 물품 창고

한세민 ● 기간제 교사

여름방학 전날 계약이 만료됐다. 그 탓에 여름방학 동안 월급을 받지 못했다. 정규직 교사들은 수업을 안 해도 월급을 받는데, 나를 비롯한 몇몇 기간제 교사들은 월급을 받지 못한다. 방학 기간에 계약을 맺은 상태여야 방학 때도 월급이 나오는데, 방학 전날 계약이 끝나니 방학 동안은 실업자 신세가 된다. 그래 놓고 신학기가 되면 다시 계약을 한다. 대재벌이 소유한 재단에서 보면 몇 푼 되지도 않는 돈을 아끼려고 그런 치사한 방법을 쓰는 것이다.

개학 첫날, 교감실에서 또다시 시한부 계약서를 썼다. 행정실장은 아무 말 없이 계약서를 내밀었고, 나는 내용을 읽어 보지도 않고 서명을 했다. 안 봐도 어떤 내용일지 뻔했다.

"내년에 정규 교사를 몇 명 뽑을 계획이니까, 이번 학기에 성실히 해 봐요."

차라리 교감이 저 말을 하지 않으면 좋겠다. 계약서를 쓸 때마다 듣는 말이다. 처음 들었을 때는 엄청 설레고 가슴이 뛰었다. 그래서 정말 몸이 부서져라 가르치고 애들을 만났다. 애들에게 인기도 많았다. 그렇지만 그렇게 해도 나는 정규직 교사가 되지 못했다. 내 노력이 모자란 줄 알고 다음에는 더 열심히 했지만 결과는 마찬가지였다. 그렇게 몇 학기가 거듭되면서 나는 희망을 버렸다. 계약서를 쓸 때면 교감이 으레 하는 말로 치부하고 말았다.

서명을 하자 행정실장은 아무 설명도 안 하고 계약서를 들고 일어났다. 언제 봐도 행정실장 얼굴은 변화가 없다. 겉으로 봐서는 무슨 생각을 하고, 무슨 감정을 느끼는지 어림조차 할 수 없었다. 목소리도 마치 기계음 같아 정이 가지 않았다.

"참! 오늘 1학년 1반 수업 들어가죠?"

"네. 3교시 첫 수업입니다."

"그 반에 오늘 전학생이 오는데, 잘해 줘요."

교감이 전학생까지 마음을 쓰다니, 처음 있는 일이었다. 전학을 오는 학생이 누구기에 그렇게 마음을 쓰는지 궁금했는데, 그 궁금증은 교무실에 오자마자 바로 풀렸다. 교사들이 쑥덕거리는 말을 들어 보니 전학생은 재벌가 손녀였다. 그 재벌 회장이 지난 겨울 이 학교를 인수한 재단 소유자라고 했다. 그러니까 이 학교를 소유한 재벌 손녀가 전학생으로 온 것이다. 그 무지막지한 배경이 부럽기도 하고, 그런 애를 어떻게 다뤄야 할지 갈피를 잡을 수 없어서 막막했다. 한편으로는 기회다 싶기도 했다. 만약 그 애한테 잘 보이면, 손에 잡힐 듯 잡히지 않았던 정규직 교사 자리를 차지할 수도 있지 않을까? 잠깐 헛된 기대를 품었다가 피식 웃고 말았다. 그런 꼬마애가 뭘 어쩌겠는가?

"한세민 선생, 부탁 좀 합시다."

1학년 1반 담임이자 체육 교사인 오현철 선생이었다.

"내가 10일 동안 연수를 가는데, 우리 반 좀 맡아 줘요."

또 이런 부탁이다. 다른 선생들도 툭하면 나한테 잡스러운 일을 맡긴다. 맡기면서 미안하게 여기지도 않는다. 다른 기간제 교사도 있는데 꼭 어려운 일은 나한테 맡긴다. 나를 가장 만만하게 여기는 듯해서 짜증이 났다. 물론 겉으로는 상냥한 웃음을 지어 보이며 본심을 가렸다.

"별다른 건 없어요. 조회와 종례만 하면 돼요."

말투만 부탁이지, 강요다. 안 할 수가 없다.

"오늘 아침 조회는 내가 할 거니까 오늘은 종례만 해 줘요. 모르는 거 있으면 2반 곽 선생님께 여쭤보고."

옆 반 선생님께 안 물어봐도 담임 역할을 어떻게 하는지 나도 다 안다. 물어보라는 말에서 나를 깔보는 마음이 느껴져 은근히 기분이 나빴다. 오현철 선생은 나에게 부탁을 남기고 조회를 하러 교실로 가 버렸다. 첫 수업 준비는 간단히 했다. 첫날이라고 놀 수는 없었다. 정규직 교사들은 그래도 되지만 나 같은 기간제 교사가 그러면 괜히 뒷말이 나오기 쉽다. 수업 준비를 마쳤는데도 첫 수업을 할 때까지 시간이 조금 남았다. 쉬고 싶었다. 선생님들이 교무실에 거의 없었지만 교무실은 쉴 만한 곳이 아니었다. 여교사를 위한 휴게소가 별도로 있지만 가고 싶지 않았다. 그곳에서는 눈치가 보여서 편히 쉴 수 없다.

나는 교무실을 나왔다. 오래된 학교다 보니 학교 곳곳에 나이를 지긋하게 먹은 나무가 많다. 특히 중앙 현관 앞에 자리한 정원은 산책하기도 좋고, 벤치에 앉아 쉬기도 아주 좋은 공간이다. 벤치에 가만히 앉아 있으면 오래된 나무가 내쉬는 숨결에 짜증과 피로가 저절로 풀린다. 그래서 쉬는 시간이 오면 정원은 교사와 학생으로 인해 북적거린다. 나도 처음에는 쉬고 싶을 때 정원에 나왔는데 시간이 갈수록 내 자리가 아닌 듯해서 불편해졌다. 묘한 이질감이 나를 괴롭혔다. 아무도 뭐라고 하지 않지만, 이 멋진 정원에 나는 어울리지 않는다며 스스로 깎아내렸다.

정원을 물끄러미 보다가 중앙 현관 뒷문으로 갔다. 뒷문을 나서면 언덕이 있는데, 봄에는 개나리가 가득 피어서 참 예쁘다. 잠깐 언덕을 보다가 오른쪽으로 걸었다. 오른쪽으로 걷다 보면 본관 건물에서 삐죽하게 뒤로 튀어나온 식당 건물이 서 있다. 식당 건물은 옛날에는 없었는데 학교 급식을 위해 새롭게 지었다. 그래서 그런지 몰라도 낡은 본관 건물과 달리 세련된 외모를 자랑한다. 식당 건물 옆으로는 언덕을 오르는 33단의 계단이 있다. 계단을 올라가면 체육관 공사 현장이 보인다. 체육관은 엄청난 규모를 자랑한다. 원래 이 학교를 소유한 재단

이 저 체육관을 무리하게 짓다가 돈이 모자라서 위기에 빠졌고, 그래서 이 학교를 현 재벌 소유 재단으로 넘겼다는 말을 들었다.

체육관 내부 공사는 거의 끝났지만 주변은 아직 마무리되지 않은 상태였다. 체육관 뒤는 함석으로 만든 높다란 벽이 그 너머 재개발지구로부터 학교를 보호하고 있었다. 학교 뒤편은 모두 재개발지구여서 낡거나 부서진 건물들뿐이다. 학교 정문 쪽은 새롭게 조성된 아파트 단지이고, 뒤쪽은 재개발지구라 학교 앞뒤 모습은 마치 정규직과 기간제 교사처럼 전혀 달랐다. 높은 함석 벽을 따라서 길게 차를 세워 놓는데 내 낡은 경차도 거기에 있다. 원래 체육관 공사장 일부가 주차장이었는데 공사 때문에 주차할 곳이 없어서 함석 벽 뒤에 있는 골목에 차를 세워야 한다. 처음에는 공사 차량이 다니는 문밖에 없었다. 그래서 선생님들이 주차를 하고 학교로 오려면 벽을 길게 돌아서 정문까지 걸어와야 했다. 그 때문에 선생님들이 여러 차례 불편을 호소했고, 학교에서 공사 업체 쪽에 요구해 작은 쪽문을 만들었다. 거의 모든 선생님들이 골목에 차를 세우고 쪽문을 통해 학교로 온다. 물론 학생들은 이 쪽문으로 다닐 수 없도록 했다.

내가 이 학교에 처음 왔을 때 체육관이 자리한 터는 둘레에 큰 나무들이 잔뜩 자라는 넓은 공터였다. 체육 시간이 되면 공터에서 배드민턴이나 배구, 피구 등을 했다. 큰 나무들이 둘레를 감싸서 그늘을 드리우니 가운데 공터에서 운동하기 좋았다. 점심시간이나 체육 시간이면 바글거리던 학교 뒤편은, 체육관 공사가 진행되면서 공사 인부들 빼고는 아무도 찾지 않는 공간이 되었다.

 계단을 다 오르자 품이 아주 넓은 느티나무가 양팔을 넓게 벌리고 나를 맞아 주었다. 느티나무를 마주보고 왼쪽으로 가면 체육관 공사장이고, 오른쪽으로 몇 걸음 가면 낡은 벤치가 몇 개 놓여 있다. 예전에는 이 벤치에서 노는 학생들이 많았는데 체육관 공사로 인해 이곳을 찾는 학생들이 아예 사라졌다.

 느티나무 뒤로 느티나무보다는 몸집이 작지만 그래도 오래된 나무들이 듬성듬성 서 있고, 그 사이사이에 큰 돌들이 자리하고 있었다. 공사가 끝나면 이곳에 예쁜 정원을 만들 계획이라고 하는데, 공사장에서 나온 폐자재들과 물건들이 곳곳에 널려 있어 삭막해 보였다. 나는 잠깐 공사장과 돌과 나무들을 멍하니 보다가 버려진 물품 창고로 갔다. 버려진 물품 창고는 예전에는 체육 수업 때 쓰는 물품들을 두는 곳이었다. 그러다 체육관 공사를 시작하면서 물품 창고는 쓸데없는 물건을 쌓아 두는 버려진 공간이 되었다.

 지난 4월에 처음으로 버려진 창고에 들어왔는데 정말 아늑했다. 지저분한 물건들로 가득했지만, 이 학교에서 다른 사람 눈치 보지 않고 오직 나 혼자 쉴 수 있는 유일한 공간이었기에 아주 편했다. 물품 창고 밖은 쇠 손잡이로 잠금장치가 되어 있지만 열쇠는 없었다. 물품 창고 안쪽에는 쇠문이 달린 방이 하나 더 있는데 그 방에는 물건이 아예 없다. 그 방으로 들어가면 외부와 완전히 차단된다. 창문도 없어서 불을 끄면 단 한 줌의 빛도 들어오지 않는다. 전등을 켜면 되지만 나는 웬만

하면 불을 끄고 그곳에 머문다. 이중 쇠문으로 보호된 안전한 곳, 아무도 찾지 않는 곳, 외부에서 나는 그 어떤 소리도 들리지 않는 곳, 완벽하게 나만 있는 공간이 주는 아늑함은 상상 이상이다. 내가 사는 원룸은 소음이 심하다. 옆방이나 위층에서 나는 소리가 다 들린다. 음악도 크게 틀지 못하고, 한밤중에는 화장실 사용도 마음 놓고 못 한다. 그런 점에서 내가 사는 원룸은 온전한 내 공간이 아니다. 그 반면에 이 물품 창고 안쪽은 온전한 내 공간이다. 심지어 휴대 전화 신호도 잘 안 잡힐 만큼 외부와 격리된 공간이다. 휴대 전화 신호가 안 잡히는 점이 조금 불편하지만 휴대 전화마저도 방해하지 않기에 혼자 자유롭게 머무는 이 시간이 더할 나위 없이 좋다.

  안쪽 방으로 들어가 쇠문을 닫고 의자에 앉은 다음 불을 껐다. 눈을 뜬 채로 있었지만 빛 한 줌이 없었다. 눈을 감아도 눈을 떠도 똑같았다. 빛 속에서 힘겨움에 떨던 마음이 어둠 속에서 차분해졌다. 문득 공사가 끝나면 이곳이 헐릴지도 모른다는 걱정이 들었다. 온전한 내 공간을 빼앗길지도 모른다는 두려움이 온전한 휴식을 방해했다. 그러다 쓸데없는 걱정이란 생각이 들었다. 이 학교에서 내가 얼마나 더 근무할지 알 수도 없는데, 이번 학기까지만 일하고 끝날 수도 있는데, 이곳이 헐리든 말든 무슨 상관이랴! 그냥 학원에 가는 게 더 나을까? 학교 선생님이 내 오랜 꿈인데 포기해야 할까? 괜히 고민했더니 머리만 지끈거렸다.

  휴대 전화를 꺼냈다. 역시 신호가 안 잡혔다. 시간을 확인하고 잠깐 더 머물다 밖으로 나왔다. 교무실에 오자마자 커피를 한 잔 마시는데 바로 위쪽 형광등이 깜박였다. 시설관리실에 전화를 걸어서 형광등을 갈아 달라고 했다. 사다리와 형광등을 든 시설관리실 직원이 곧바로 나타났다. 왼쪽 가슴에 달린 깔끔한 명찰이 낡은 작업복과 대조를 이루며 '왕대현'이란 이름을 도드라지게 했다. 왕대현 씨는 학교 곳곳을 돌아다니며 늘 바쁘게 일을 한다. 건물과 시설이 오래되다 보니 고칠 곳이 많아서 하루 내내 바쁘게 일을 한다.

교무실에 들어온 왕대현 씨는 나를 보고 가볍게 인사를 했다.

"안녕하세요. 형광등 고장 난 곳이 어디죠?"

나는 말은 않고 손으로 고장 난 형광등을 가리켰다.

"이상하네. 저기는 갈아 끼운 지 얼마 안 됐는데, 또 저러네."

매서운 눈매와 날카로운 코, 각진 턱선이 만들어 내는 강인한 인상과 달리 왕대현 씨는 순한 말씨를 쓰고 친절하고 예의가 바랐다.

"다 고쳤습니다. 불편한 점이 있으면 바로 연락주세요."

왕대현 씨는 환하게 웃으며 깊이 허리를 숙였다. 우리 학교에서 나에게 이 정도로 친절하게 인사를 하는 사람은 왕대현 씨밖에 없다. 학생들도 나한테 저렇게 인사하지 않는다. 아니다. 딱 한 명 있다. 그 학생은 곽 선생님 반인데, 이름이 아마……, 이름이 떠오르지 않는다. 나중에 꼭 알아봐야겠다.

3교시, 1학년 1반, 2학기 첫 수업이다. 흥이 나지 않았다. 처음 교단에 섰을 때는 나도 열정이 가득했다. 열심히 해서 정규직 교사가 되겠다는 목표 때문에 열정이 넘친 것은 아니었다. 가르치는 게 신났고, 아이들 눈망울이 좋았고, 새로운 지식을 알려 주는 뿌듯함이 가득했다. 갈등과 어려움도 신나는 도전 과제로 받아들였다. 그러나 보람과 도전과 열정은 오래 가지 않았다. 기간제 교사라는 위치 때문이기도 했지만, 교단은 내가 품은 환상과는 한참 거리가 멀었다.

　즐겁지 않았지만 활짝 웃었다. 출석을 간단하게 확인하고 전학생이 누군지 물었다. 아무도 대답을 안 했지만, 애들 시선이 누군지 말해 주었다. 전학생, 그러니까 이 학교 재단을 소유한 재벌 손녀로 태어난 행운아를 보았다. 조금 전까지 북극 한파 속에서 지내다 막 나온 것 같은 몹시 차가운 인상이었다. 내가 반갑다고 인사를 건넸지만 차갑게 나를 보기만 할 뿐 아무 말도 하지 않았다. 출석부에서 이름을 확인했다. 이슬비, 인상과 달리 이름은 아주 부드러웠다. 다시 이슬비를 보았다. 나를 똑바로 쳐다보는데 눈빛에서 차가움 외에는 느껴지지 않았다. 순간이었지만 저런 애에게 잘 보여서 정교사가 되겠다고 생각했다니, 내 자신이 한심했다.

　수업을 했다. 듣는 애들과 듣지 않는 아이들이 확연히 눈에 보였다. 예전에는 한 명이라도 듣지 않으면 내가 뭔가 모자란 점이 있지는 않은지 고민하고 수업 방법을 바꾸기도 했다. 하지만 그런 노력이 쓸데없다는 걸 알기에 이제는 그러려니 한다. 아무리 노력해도 배우려는 마음이 없는 학생을 가르칠 수는 없다. 장경보는 지난 학기에도 잠만 자더니 또 잠만 잤다. 깨우지 않았다. 그랬더니 옆에 앉은 애도 덩달아서 잤다. 모두 다 장경보처럼 자 버리면 오히려 마음이 편하겠다는 부질없는 상상도 했다. 한참 수업을 하는데 갑자기 차현준이 알아듣지도 못하는 일본말로 떠들었다. 조용히 하라고 주의를 주었지만 아랑곳하지 않고 떠들었다. 정도가 지나쳐서 도저히 수업을 할 수가 없었다. 그래서 야단을 쳤더니 갑자기 일어났다.

"화장실 다녀오겠습니다."

그러더니 허락도 하기 전에 엉덩이를 움켜쥐고는 뒤뚱거리며 뛰어나갔다. 그 모습이 웃겼는지 애들이 깔깔거렸다. 차현준 같은 학생은 차라리 나가는 게 나았다. 차현준이 없으니 수업이 무난하게 흘러갔다. 그때 갑자기 민준서가 내 말을 트집 잡았다.

"선생님, 방금 '야동'이라고 하셨어요? 오, 선생님도……."

나는 '아동'이라고 말했다. 아동이란 말에서 야동을 떠올리다니, 저 놈은 오직 야한 생각밖에 안 한다. 1학기 때도 몇 번 당했다. 그럴 때마다 야단도 치고, 벌점도 주었지만 그래 봐야 먹히지 않았다.

"야. 넌 2학기 첫날부터 선생님께 뭐 하는 짓이야?"

주혜린이 민준서를 야단쳤다. 민준서가 야한 이야기를 할 때 제대로 반응을 하는 유일한 여학생이다. 다른 애들은 도대체 뭐 하는지 모르겠다.

"왜? 재밌잖아! 선생님, 재밌죠?"

손가락 욕이라도 날려 주고 싶은 충동을 겨우 참았다.

수업을 마치면서 내가 오늘부터 10일 동안 임시로 담임을 맡을 거라고 알려 주었더니 애들이 환호성을 질렀다. 그 환호성이 무척 거슬렸다. 학생들이 나를 만만하게 여기는 기분이 들었기 때문이다.

4교시, 5교시, 6교시까지 잇따라 수업을 했다. 개학 첫날인데 벌써 지쳤다.

종례를 하러 갔다. 학년주임이 꼭 전달하라고 당부한 안내장을 나눠 주고 청소 감독만 하면 오늘 일과는 끝이다. 가자마자 안내장을 나눠 주고는 학생들에게 가라고 했다. 종례를 길게 해 봐야 욕만 먹는다. 그나마 청소 감독이 쉬워서 다행이었다. 이 반은 5개 조로 나눠서 하루씩 번갈아가며 청소를 한다. 6명이 청소를 하니 30여 명이나 되는 애들이 부산스럽게 청소하는 현장을 감독하는 것보다 훨씬 좋았다. 교실에 남아 청소 감독을 하려는데 민준서가 보였다. 민준서와 같은 공간에 있는 게 짜증이 나서 청소가 끝나면 교무실로 오라고 말하고는 나와 버렸다.

교무실에서 기다리며 컴퓨터 작업을 하는데 작업복을 입은 40대 남자가 교무실로 들어왔다. 허리에 찬 공구들을 보니 공사장에서 일하는 노동자인 듯했다. 교무실 입구에서 다른 선생님에게 뭔가를 묻더니 곧장 나에게 왔다.

"안녕하세요, 선생님!"

그러면서 허리를 절반이나 꺾으며 고개를 숙였다. 순간 당황해서 나도 살짝 일어나 허리를 숙였다.

"저는 임미혜 학생 아비되는 임병호입니다. 선생님께서 제 딸 담임이시죠?"

'제가 담임이기는 한데 임시 담임입니다' 하고 솔직하게 말하기 싫었다. 구차해 보였다. 귀찮기도 했다. 그래서 그냥 담임이라고 하고는 의자에 앉기를 권했다.

"제가 오늘부터 이 뒤 체육관 공사 현장에서 일을 합니다. 제 딸을 맡겨 놓고 한 번도 인사를 드리지 못해서 죄송합니다. 걔가 엄마 없이 자라서……."

임병호는 몇 마디 하다가 갑자기 눈물을 글썽였다.

"걔 엄마 이야기만 나오면 눈물이 나서…, 채신머리없게 죄송합니다."

억세 보이는 손으로 눈물을 닦은 임병호는 억지로 웃었다.

"제 딸이 학교 생활은 잘하지요?"

임미혜란 이름을 들었을 때부터 어떤 애인지 떠올리려고 하는데 딱히 명확한 기억이 안 났다. 이름은 떠오르는데 얼굴이 생각나지 않았다. 아마 수업 때 잘 나서지도 않고. 공부도 잘하는 축에 속하지 않는 애인 듯했다. 얼굴도 떠오르지 않는 애가 반에서 어떻게 지내는지 어떻게 알겠는가? 그렇지만 모른다고 하기는 싫었다.

"네. 미혜가 참 착해요. 애들과도 잘 지내고. 아주 좋은 학생이에요."

잘 알지 못했지만 그냥 그렇게 듣기 좋게 말했다.

부모들이 교사에게 자기 자식에 대해 물어볼 때는 진실이 궁금해서가 아니다. 진실이 담긴 말보다는 안심과 칭찬이 담긴 말을 더 듣기를 바란다. 진실은 사람을 불편하게 만들고, 불편한 감정은 말썽을 만들고, 말썽은 의미 없는 일만 늘린다. 그러니 좋은 말은 모두에게 이득이다.

"아휴, 감사합니다. 다 선생님 덕분입니다. 제가 뭐라도 사 와야 했는데……."

"아니에요. 요즘은 선물을 함부로 사 오시면 안 돼요."

그때, 교실에서 청소하던 최예서가 다가왔다.

"선생님 청소 끝났는데요."

최예서를 보고는 임병호가 벌떡 일어났다.

"아이고. 제가 바쁘신데 시간을 빼앗았네요. 그럼, 잘 부탁드립니다."

임병호는 공손하게 인사를 하고는 교무실을 빠르게 빠져나갔다. 임병호가 물러나는 모습에서 왕대현 씨 모습이 얼핏 스쳐 갔다. 둘은 닮은 구석이 묘하게 많았다. 그제야 임미혜가 누군지 떠올랐다. 오늘 청소를 하는 여학생 가운데 한 명이었다. 뭔지 모르게 소심한 느낌이 드는 학생이었다. 다른 학생들과 잘 어울릴까? 공부는 잘할까? 잠깐 궁금했지만, 알아보고 싶지는 않았다.

최예서에게 청소가 끝났으면 집에 가라고 하고 싶었지만, 괜히 나중에 트집 잡히고 싶지 않아, 교실로 함께 갔다. 최예서는 빠른 걸음으로 앞서 걸었고, 나는 자꾸 뒤처지는 걸음을 재촉하며 따라갔다. 교실 가까이 갔을 때 갑자기 교실에서 큰 소리가 들렸다. 욕설이 섞인 말도 들렸다. 화들짝 놀라서 교실로 뛰어 들어갔는데, 나를 보자마자 정경희가 엉엉 울면서 나에게 매달렸다.

"무슨 일이야?"

내가 물었지만 정경희는 울기만 하고 대답을 못했다.

임미혜는 어찌할 바를 모른 채 눈동자가 흔들렸고, 진수용은 고개를 푹 숙인 채 내 눈길을 피했다. 민준서만 피식피식 웃으며 나를 능글맞게 쳐다봤다.

"도대체 무슨 일이야?"

증인

임미혜 ● 여학생

 나는 엄마가 없다. 아주 어릴 때는 엄마와 함께 지낸 듯한데, 어느 날 갑자기 엄마가 기억 속에서 사라져 버렸다. 어찌 됐는지는 모른다. 아빠는 공사장을 다니며 일을 해서 얼굴을 보기가 어렵다. 온종일 일하고 늦은 밤에 들어오신다. 술에 취해 들어올 때도 종종 있다. 그래도 나한테는 끔찍하게 잘해 주신다. 어릴 때부터 내 놀이터는 지역아동센터였다. 선생님들이 잘해 주시기도 했지만 저녁을 먹을 수 있어서 참 좋았다. 지역아동센터에 가지 못하는 토요일과 일요일에는 집에서 밥을 챙겨 먹어야 했고, 그게 싫었다. 그렇게 좋아하던 지역아동센터지만 중학생이 된 뒤에는 가지 않았다. 같은 지역아동센터 출신들이 중학생이 된 뒤에는 다들 가지 않는데, 나만 가는 게 이상해서 나도 발길을 끊었다.

　내 중학교 생활은 반장 선거 때문에 꼬여 버렸다. 중학생이 되고 2주쯤 지난 뒤에 반장 선거를 하겠다고 오현철 담임 선생님이 말씀하셨다. 여학생에서는 한성미, 주혜린이 출마했고, 남학생은 배영진과 박성철이 나섰다. 그날 바로 선거를 하는 줄 알았는데 담임 선생님은 선거운동 기간을 지정했다. 인기투표를 하지 말고 선거운동을 하는 후보들을 보면서 누가 적절한지 판단해 보라고 했다. 혹시라도 부당한 선거운동을 할 경우 후보 자격을 박탈할 뿐 아니라 벌점도 주겠다며 제대로 된 선거운동을 해 보라고 요구했다. 나는 여학생이 반장이 되면 좋겠다고 생각했다. 여학생 반장 후보가 한 명이면 고민 없이 뽑을 텐데 두 명이 나와서 누구를 뽑아야 할지 고민이었다.

　선거를 하루 앞둔 날, 체육 시간에 피구를 할 때였다. 반장으로 출마한 한성미와 나는 같은 편이었다. 상대편에는 또 다른 반장 출마자인 주혜린이 있었다. 우리 편이 첫 피구 시합에서 졌다. 상대편 주혜린이 맹활약을 한 탓이었다. 주혜린이 뛰어난 실력을 보이자 한성미는 시합 내내 주혜린을 욕했다. 그리 큰 소리로 욕하지는 않았지만 같은 편이었기에 다 들렸다. 한성미는 여느 애들은 차마 입에 담지 못할 욕도 내뱉었다. 한성미가 괜찮은 애인 줄 알았는데, 욕하는 모습을 보고 몹시 실망했다. 나는 한성미가 반장이 되면 안 된다고 생각했다. 그뿐만 아니라 한성미가 주혜린에게 사과해야 한다고 생각했다. 그래서 첫 시합이 끝나고 잠깐 쉬는 시간에 주혜린에게 가서 이를 알렸다. 주혜린은 내 말을 듣자마자 한성미에게 따졌다. 말다툼이 이어지면서 내가 증인이라는 사실도 드러났다. 증인이 나라는 사실이 드러나는 게 흔쾌하지는 않았으나 그렇다고 숨길 이유도 없었다. 한성미가 욕한 건 잘못이었고, 나뿐 아니라 여러 명이 들었기 때문이다. 그런데 황당하게도 한성미는 나를 거짓말쟁이로 몰았다.

"넌, 없는 말도 지어내는구나!"

하도 어이가 없어서 말문이 막혔다.

"너희들, 내가 욕하는 거 들었니?"

한성미는 다른 애들에게 물었다. 그때 나는 한성미가 제 무덤을 팠다고 여겼다. 한성미가 한두 번 욕을 한 게 아니기 때문에 많은 애들이 들을 수밖에 없었다. 그런데 아무도 나서지 않았다. 다른 증인이 나서지 않으니 졸지에 내가 거짓말쟁이가 되고 말았다. 심지어 주혜린마저도 내 말을 안 믿는 눈치였다. 아무리 생각해도 애들이 왜 그러는지 이해할 수 없었다. 그 많은 애들이, 뚜렷하게 욕을 들어 놓고, 왜 아무도 나서지 않았을까?

그다음 날 선거에서 주혜린이 여학생들에게서 몰표를 받아 반장으로 뽑혔다. 당연히 나도 주혜린에게 투표했다. 주혜린이 반장이 되어서 기뻤지만, 그때부터 나에게는 고통이 찾아왔다. 반장 선거에서 탈락한 한성미는 내가 거짓말을 지어낸 탓에 떨어졌다면서 나를 괴롭혔다. 한성미의 단짝인 홍윤정도 함께 나를 괴롭혔다. 처음에는 지켜보기만 하던 여자애들도 점점 괴롭히는 대열에 합류했고, 나는 졸지에 왕따가 되고 말았다. 처음 당해 본 왕따였다. 초등학교 내내 단 한 번도 겪어 보지 않았던 따돌림이었다. 내가 잘못을 저질러 왕따를 당한다면 그러려니 하겠는데, 아무 잘못도 없이 당하려니 답답하고 미칠 지경이었다. 애들은 괜히 나에게 시비를 걸고, 짜증이 나면 나에게 풀었다. 가장 견디기 힘든 순간은 내가 어찌할 수 없는 영역을 건드릴 때였다.

"넌, 여자애가 화장도 안 하고, 얼굴에 무슨 자신감이야?"

우리 집은 가난하다. 화장품 살 돈이 없다. 아빠에게 화장품을 사 달라고 말할 엄두도 나지 않는다. 가난을 건드리면 괜히 서러웠고, 내가 서러운 감정을 드러내면 그걸 꼬투리 삼아서 더 놀렸다. 따돌림을 당했지만 주눅 들어 보이지 않으려고 애썼다. 하지만, 도리어 내가 노력할수록 애들은 나를 관심받으려 애쓰는 관심종자라며 더 심한 말을 뒤집어씌웠다.

애들은 주혜린 눈치를 살폈지만, 한성미와 홍윤정을 더 잘 따랐다. 주혜린 입에서 나오는 좋은 말보다 한성미, 홍윤정이 내뿜는 짜증과 화를 더 무서워했다. 한성미와 홍윤정은 툭하면 욕을 했고, 아무도 그 둘에게 대들지 못했다. 반장인 주혜린은 나에게 잘해 주었다. 그렇지만 주혜린과 어울리고 싶지는 않았다. 주혜린은 어울려 다니는 애들이 있었고, 그 무리에는 툭하면 나를 괴롭히는 최예서, 서희진이 있었기 때문이다. 최예서와는 같은 청소 당번으로 묶이기까지 해서 더욱 싫었다. 주혜린은 내 기대에 미치는 반장은 아니었다. 늘 옳은 말을 하지만 내가 왕따를 당하는 상황을 보고도 그냥 내버려두었다. 아빠는 나에게 정직하게 살라는 말을 입버릇처럼 하셨는데, 그래서 한성미가 한 욕을 주혜린에게 전했는데, 정직이 때로는 삶을 망가뜨린다는 걸 아빠는 알지 못했던 모양이다.

담임 선생님께 알려도 해결되리라는 믿음은 없었다. 그렇다고 그대로 당하면서 지낼 수는 없었다. 어떻게든 이 말도 안 되는 상황에서 벗어날 기회를 잡아야 했다. 지성이면 감천이라고 하더니, 어느 날 내게 기회가 왔다. 서희진과 최예서가 낄낄대며 대화를 하는데 귀가 번쩍 뜨이는 말이 들렸다.

"야, 너 설마, 은호 좋아하냐?"

최예서가 서희진에게 한 말이었다. 서희진은 곧바로 부정했지만 그건 중요하지 않았다. 이은호는 한성미가 짝사랑하는 남자애다. 한성미가 좋아하는 남자애를 서희진이 마음에 두고 있다고 한성미에게 전하면 어떻게 될까? 한성미 성깔에 그냥 넘어가지는 않을 것이다. 나는 곧바로 한성미를 찾아가 최예서와 서희진이 나누는 대화를 들었는데, 아무래도 서희진이 이은호를 좋아하는 것 같다고 전했다.

물론 서희진이 이은호를 좋아한다고 말하지는 않았다. '좋아하냐'는 낱말도 서희진 입이 아니라 최예서 입에서 나왔다. 그렇지만 내가 굳이 정직하게 말을 전할 이유는 없었다. 나를 거짓말쟁이로 몰 때 한성미는 정직하지 않았다. 다른 애들도 정직하지 않았다. 서희진도 정직하지 않았다. 나와 같은 편이었으니 분명히 한성미가 한 욕을 들었을 텐데도 비겁하게 모른 척했다. 그래 놓고는 툭하면 나를 괴롭혔다. 그랬기에 상황을 살짝 비틀어 한성미에게 전했지만 양심이 찔리지 않았다. 서희진 같은 애는 당해 봐야 한다. 부당하게 당할 때 얼마나 억울한지 느껴 봐야 한다.

내 예상대로 내 말을 듣자마자 한성미는 발끈했다. 불 같은 한성미는 차분히 상황을 판단하지 않았다. 수업이 끝나자 한성미는 나에게 식당 뒤에 자리한 허름한 창고 옆에서 기다리라고 했다. 조금 뒤 한성미와 홍윤정은 서희진을 끌고 왔다. 한성미는 학교 뒤편 쪽문으로 나가더니 재개발지구로 서희진을 끌고 갔다. 재개발지구는 집들이 엉망이다. 주민들도 거의 다 이사 가서 사람 사는 집이 거의 없다. 한성미는 어느 낡은 집 앞에 섰다. 대문에 자물쇠가 달렸는데, 홍윤정이 주머니에서 열쇠를 꺼내 대문을 열었다. 둘은 아주 익숙하게 안으로 들어갔다. 마당은 쓰레기가 가득했다. 찢어진 소파와 부러진 의자, 깨진 유리창에 낡은 이불 등이 잡풀과 뒤섞여 오랫동안 방치된 집임을 드러냈다.

깨진 현관문을 열고 안으로 들어간 다음, 방문을 열었다. 그 방은 제법 깨끗했다. 의자와 책상이 깔끔했고, 유리창도 다른 방과 달리 멀쩡했다. 방에 들어가자마자 한성미는 서희진에게 무릎을 꿇으라고 요구했다. 서희진은 한성미 말에 따라 순순히 무릎을 꿇었다.

"감히, 너 따위가 내 남자를 좋아해?"

한성미 말에는 독기가 서렸다.

"아니야! 오해야, 난 그런 말한 적 없어."

서희진은 곧바로 부정했다.

"증인이 있는데, 어디서 개소리야?"

한성미가 뒤에 서 있던 나에게 앞으로 나오라고 손짓했다. 그 손짓에 이끌려 몇 걸음 앞으로 나갔다.

"미혜, 너, 들었지?"

나는 느리게 고개를 끄덕였다.

"예서가 희진이에게 '너 은호 좋아하냐' 하고 말하니까, 희진이는 속마음을 들킨 사람처럼 얼굴을 붉혔어. 그 전에는 은호 잘생겼다고, 자기 좋아하는 오빠 닮았다면서 뚫어져라 은호를 쳐다보기도 했고."

나는 거짓말을 하지는 않았다. 다만 내 느낌을 살짝 덧댔다. 진짜 일어난 일에 내 판단을 살짝 덧대기만 했기에 서희진이 나를 거짓말쟁이로 몰기도 애매했다. 따지고 보면 아주 교묘한 거짓말이었지만, 거짓말 탐지기를 써도 들키지 않을 자신이 있을 정도로 거짓말 같지 않게 꾸몄다. 서희진은 내 말이 거짓이라고 대꾸하지 못했다. 내가 들은 말은 엄연히 사실이었기 때문이다.

"솔직하게 털어놓으면, 말로만 하려고 했더니……."

한성미 얼굴이 표독스럽게 변했다. 홍윤정은 옆에 서서 팔짱을 끼고 껌을 씹으며 잔인하게 웃었다.

"야. 넌 밖에 나가서 기다려."

한성미가 나에게 말했다.

나도 그 자리에 더는 있고 싶지 않았기에 재빨리 밖으로 나왔다. 마당에 있으면 혹시라도 무슨 일이 벌어지는지 알 수도 있기에 골목으로 나왔다. 이런 일은 지켜보지 않아야 한다. 나중에 탈이 나더라도 내 책임이 아니려면 그 자리에서 무슨 일이 벌어지는지 아예 모르는 편이 나았다.

밖이 어둑어둑해진 뒤에야 서희진이 대문을 열고 나왔다. 현관 앞에 앉아 있던 나는 벌떡 일어났다. 서희진은 겉으로 보기에 멀쩡했다. 얼굴에 핏기만 없을 뿐 맞은 흔적은 없었다. 서희진은 나와 눈이 마주치자 곧바로 고개를 푹 숙이고는 절뚝거리며 골목길을 빠져나갔다. 아무래도 한성미와 홍윤정이 겉으로 드러나지 않는 곳만 골라서 때린 듯했다. 곧이어 한성미와 홍윤정이 나왔다.

"너 배고프지? 떡볶이 먹을래?"

한성미는 나를 데리고 학교 앞으로 가서 떡볶이를 사 주었다.

"앞으로도 혹시 누가 우리 뒷말하면 곧바로 알려 줘. 알았지?"

물론 거부할 이유가 없었다.

그 뒤로 한성미와 홍윤정은 나에게 잘해 주었다. 둘이 나를 잘 대해 주니 다른 애들도 더는 나를 괴롭히지 않았다. 물론 아무도 나와 어울리려고 하지 않아서 조금 외롭기는 했지만, 괴롭힘을 안 당하니 학교생활이 한결 편해졌다. 그 뒤로 고자질할 일이 생기지 않았지만, 한성미와 홍윤정은 계속 나에게 잘해 주었다. 가끔 나에게 떡볶이를 사 주었고, 그러면 나는 무척 기뻐하며 충성을 다짐했다.

1학기는 그렇게 악몽으로 출발해 구원으로 끝났다. 방학을 마치고 2학기가 된 첫날, 아주 놀라운 사건이 잇달아 터졌다. 2학기 첫날 '이슬비'라는 전학생이 왔다. 얼굴은 예쁘장한데 풍기는 기운이 몹시 차가웠다. 이슬비는 얼굴이 아주 예뻤기에 몇몇 남자애들이 설레발을 치며 다가갔는데, 차가운 기운에 밀려 입도 뻥긋 못 하고 물러났다. 선생님들도 예외는 아니어서 선생님들조차 이슬비에게 말도 제대로 못 걸었다.

　점심시간, 이슬비가 혼자 책상에 앉아 있었다. 남자애들은 축구를 하러 거의 다 운동장으로 나갔고, 맨날 잠만 자는 장경보만 남아 있었다. 여자애들은 나를 비롯해 서너 명이 있었다. 그때 한성미와 홍윤정이 교실로 들어왔다.

　"전학, 첫날부터 아주 싸하게 분위기 잡네."

　한성미가 이슬비에게 시비를 걸었다.

　"얼굴 믿고 나대냐?"

　홍윤정도 거들었다.

　그때 믿을 수 없는 일이 일어났다.

　"왜? 나도 서희진처럼 데려가서 때리게?"

　이슬비가 아무런 표정 변화도 없이 내뱉은 말에 한성미와 홍윤정은 얼음처럼 굳어 버렸다. 그도 그럴 것이 서희진이 끌려가서 맞은 일은 그때까지 당사자 셋과 나밖에 모르는 일이었다. 네 사람밖에 모르는 비밀을, 이 학교에 계속 다니지도 않은, 오늘 막 전학을 온 이슬비가 알고 있으니 충격일 수밖에 없었다. 늦여름 더위마저 단박에 얼려 버리는 한기가 교실을 휘감았다. 교실에 있던 다른 애들도 놀라기는 마찬가지였다.

"이……."

한성미는 말을 잇지 못했다.

"이런 썅~!"

홍윤정이 욕을 하려는데, 이슬비가 그 욕을 끊었다.

"그 욕, 끝까지는 하지 마! 그 욕을 다 들으면 내가 참을 수 없을지도 모르니까."

홍윤정은 욕을 마저 내뱉지 못했다.

"나만 안 건드리면 너희들이 무슨 짓을 벌이든 관심 없으니까, 내 앞에서 꺼져. 일진놀이는 찐따들한테나 하고."

그런 말을 하면서도 이슬비 얼굴은 표정 하나 변하지 않았고, 말투도 마찬가지였다. 감정이 티끌만큼도 드러나지 않는 표정과 말투였다. 한성미와 홍윤정은 이러지도 저러지도 못 하고 빙하 속에 갇힌 듯 꼼짝하지 못했다.

"아직, 내 말 못 알아들었어? 알아들었으면 꺼져."

한성미와 홍윤정은 한마디 대꾸도 못 하고 교실 밖으로 물러났.

그 사건 하나로 이슬비는 단번에 1학년 일진인 한성미와 홍윤정을 눌러 버렸다. 그 순간 이슬비와 가까워지면 한성미와 홍윤정 위에 설 수도 있겠다는 기대감이 생겼다. 그렇지만 이슬비가 내뿜는 차가운 분위기에 내 기대는 곧바로 얼어 버렸다. 무엇보다 그 비밀을 이슬비가 어떻게 알았는지 어림할 수도 없는 상황이 나를 두려움으로 몰아넣었다. 이슬비는 내가 그 자리에 있었다는 사실도 알까? 내가 일러바쳤다는 사실도 다 알까? 내가 진실과 거짓을 뒤섞어 말했다는 사실도 알까? 이슬비가 내 삶을 속속들이 알지도 모른다는 두려움이 무섭게 나를 짓눌렀다.

둘째 사건은 청소 시간에 벌어졌다. 개학 첫날인데 우리 모둠이 청소 당번이었다. 배영진은 1학기 때와 마찬가지로 사라지고 없었고, 나머지 애들끼리 남아서 청소를 했다. 민준서는 진수용 옆에서 쉴 새 없이 야한 이야기를 했고, 나는 그런 민준서가 꼴 보기 싫어서 되도록 멀리 떨어졌다. 청소가 끝나자 최예서는 교무실로 갔고, 정경희와 나는 멀리 떨어져 앉았다. 그 사이에 민준서와 진수용이 있었는데 민준서는 지치지도 않는지 계속 떠들었다. 나는 눈길을 다른 곳에 두고, 소리는 못 들은 척하며 최예서가 빨리 오기만 기다렸다. 그때였다.

"뭐래?"

정경희의 목소리가 들렸다. 그 소리에 나도 모르게 눈길을 들어 정경희를 봤다. 그때 민준서 입에서 '자위' 어쩌고 하는 말이 들렸다. 크게 들리지 않았지만 그 낱말은 뚜렷하게 들렸다.

"뭔 개소리야?"

정경희가 벌떡 일어나며 소리를 내질렀다.

민준서는 느글거리는 웃음을 지으며 정경희를 계속 놀렸고, 정경희는 얼굴이 벌게지며 어찌할 바를 몰랐다. 한세민 선생님이 나타나자 정경희는 울면서 그 품에 안겼고, 민준서는 씽긋 웃더니 어깨를 으쓱하고는 도발을 멈췄다.

 상황을 파악한 한세민 선생님은 나와 진수용에게 곧바로 목격자 진술서를 쓰라고 했다. 나는 있는 그대로, 본 대로, 들은 대로 썼다. 이럴 때는 꾸며 쓰지 않는 게 좋다. 진수용이 어떻게 썼는지는 알 수 없었다.

 사건이 월요일에 터졌는데 바로 다음 날, 학폭위를 다음 주 화요일에 개최한다는 말이 들렸다. 죄목은 성희롱이었다. 민준서가 틈만 나면 쏟아 내는 야한 이야기 때문에 짜증이 많이 났는데, 그런 민준서가 성희롱으로 학폭위에 간다는 소식을 들으니 오랫동안 쌓인 체증이 풀리는 듯 아주 시원했다. 그런데 사건은 내 예상을 벗어나 엉뚱한 방향으로 흘렀다.

 수요일 아침, 민준서가 엄마와 함께 등교했다. 민준서 엄마는 늘 화려한 원피스에 얼핏 보기에도 비싸 보이는 가방과 장신구로 치장하고 학교에 나타난다. 민준서 엄마를 종종 학교에서 보았는데, 같은 옷을 입고 나타난 적은 한 번도 없다. 민준서 엄마는 학교운영위원회 부위원장인데 위원장보다 힘이 세서 선생님들도 눈치를 많이 본다는 소문도 들었다. 간혹 민준서가 있는 교실에 직접 들어오기도 하는데, 그러고 나면 한동안 교실에서 진한 향수 냄새가 진동했다. 진한 향수를 맡으며 괜히 얼굴도 떠오르지 않는 엄마를 떠올리기도 했다. 물론 엄마는 내 옆에 계셨다 해도 저런 차림으로 절대 오지 못하겠지만, 그래도 엄마가 화려하게 차려입고 자주 학교에 오는 민준서가 부러웠다.

아무튼 학교에 온 민준서 엄마는 놀랍게도 정경희를 학폭위에 고발했다. 정경희가 저지른 학교 폭력 죄목은 황당하게도 성추행이었다. 늘 야한 말을 입에 달고 사는 민준서에게 정경희가 성추행을 했다니, 어처구니가 없었다.

수요일 2교시 쉬는 시간, 한세민 선생님이 나를 불렀다. 담임인 오현철 선생님은 연수를 가고 안 계셔서 한세민 선생님이 임시 담임이었다.

"너, 혹시, 청소 시간에 정경희가 빗자루로 민준서 사타구니를 친 장면 본 적 있니?"

한세민 선생님이 날짜와 사건 경위를 자세히 알려 주며 물었지만 전혀 기억이 나지 않았다.

"진수용은 봤다고 하는데……, 넌 못 봤어?"

나는 전혀 기억이 안 난다고 답했다.

"알았어. 혹시라도 그때 일이 기억나면 선생님한테 알려 줘."

3교시 수학 수업은 무척 지루했다. 떡볶이가 먹고 싶었다. 괜히 군침이 돌았다. 그러다 그때 일을 되짚어 봤다. 민준서가 정경희에게 빗자루로 사타구니를 맞았다고 한 날, 그날 정말 정경희가 민준서 사타구니를 쳤나? 나는 못 봤는데, 진수용은 봤을까? 곰곰이 되짚어 보다가…… 문득 그날 광경이 아주 선명하게 떠올랐다. 민준서가 정경희에게 엉덩이를 더 흔들어 보라고 놀렸고, 정경희가 빗자루를 흔들어서 쫓으려 하자, 더 흥분된다고 민준서가 말했다. 정경희가 짜증을 내며 빗자루로 민준서 다리를 쳤다. 다리 안쪽이었나? 아니다. 정경희는 왼손에 들고 있던 빗자루로 민준서 오른쪽 다리 바깥쪽을 쳤고, 민준서는 손으로 다리를 쓰다듬으며 물러났다. 그게 내가 본 광경이었다. 정경희는 민준서 사타구니를 치지 않았다. 그런데 왜 진수용은 그런 증언을 했을까? 까닭은 알 수 없지만 나는 내가 본 대로 진술하기로 했다.

기억이 되살아난 나는 3교시 수업이 끝나자마자 한세민 선생님께 찾아갔다. 그런데 한세민 선생님이 교무실에 안 계셨다. 다른 선생님께 여쭤봐도 아무도 모르셨다. 다른 선생님이 전화번호를 알려 주어서 걸었는데, 받지 않았다. 하는 수없이 교실로 되돌아왔다. 교실로 돌아오니 주혜린이 내게 말을 걸었다.

"교무실은 왜 갔다 왔어?"

"아, 그게, 한세민 선생님이 6월에 있던 정경희와 민준서 사건을 물어보셨는데, 아까는 기억이 안 났다가 조금 전에 기억이 났거든. 그래서 말씀드리려고 갔어."

"그래서 말씀드렸어?"

"아니, 안 계셔서 점심시간에 다시 찾아가 보려고."

"그렇구나! 그런데, 정말 경희가 그랬어?"

주혜린은 몸을 내게 바짝 붙이며 작은 목소리로 물었다. 소리는 작았지만 워낙 또렷했기에 둘레에 있던 애들도 모두 들릴 만했다. 나는 반 애들 눈길이 내게 쏠리는 걸 느꼈다. 이럴 때 함부로 말하면 안 된다. 괜히 말했다가 옛날과 같은 일을 당할 수도 있기 때문이다.

"난, 그냥, 내가 본 대로, 있다가 선생님께 말씀드릴래."

그러지 말고 자신한테만 알려 달라는 주혜린을 뿌리치고는 얼른 내 자리에 가서 앉았다.

점심시간에 식당에서 밥을 먹는데, 정경희가 내 옆으로 왔다. 정경희는 같이 청소를 하면서도 나에게 말을 걸지 않았는데, 급하기는 했나 보다.

"너 6월에 일어난 그 일, 기억난다고 했잖아. 내 기억엔, 내가 그냥, 빗자루로 때리기는 했는데, 사타구니를 치진 않았어. 안 그래?"

정경희가 간절하게 물었지만 나는 아무 말도 안 했다. 또다시 많은 애들 눈길이 나에게 쏠리는 걸 느꼈기 때문이다.

"나한테 말하지는 않아도 좋아. 그렇지만 선생님께는 제발 있는 그대로 말해 줘. 알았지?"

나는 고개만 끄덕였다.

밥을 먹고 교실로 와서 칫솔을 챙겼다. 점심을 먹고 곧바로 화장실에 가면 애들이 바글거린다. 나는 그런 자리에 함께 있고 싶지 않다. 그래서 다른 애들이 거의 다 사라진 뒤에야 화장실로 간다. 그날도 가장 늦게 화장실에 들렀고, 꼼꼼하게 칫솔질을 했다. 그때 이슬비가 들어오더니 거울을 보며 얼굴과 머리를 매만졌다. 나는 눈치가 보여서 재빨리 이를 닦았다. 이슬비는 나를 힐끗 보더니 화장실을 나갔고, 나는 바로 따라 나왔다. 내가 화장실을 나올 때 서희진이 내 옆을 스치며 화장실로 들어갔다. 화장실을 벗어나 몇 걸음 걸어가는데, 갑자기 서희진이 '어머!' 하며 소리지르는 게 들렸다.

서희진이 내지른 소리를 듣고 갑자기 우리 반 여자애들이 기다렸다는 듯이 화장실로 몰려들었다. 서희진이 왜 소리를 지르는지 궁금해서 나도 그 자리에 낄까 하다가 그만두었다. 교실에 칫솔을 두고 교무실로 가기 위해 나왔다. 그때 애들이 수군거리는 소리가 들렸다.

"뭐야? 미혜와 경희가……."

나와 경희 이름이 들렸다.

"미쳤나 봐."

"아무리 그래도 그렇지."

"레즈비언이야?"

수군거리는 소리였지만 나 들으라는 의도가 분명했다.

경희 이름과 같이 들린 '레즈비언'이란 말이 불길했다. 나는 황급히 화장실로 뛰어갔다. 그리고 화장실 거울에 쓰인 글씨를 봤다.

마혜 ♡ 경희

진홍색 립스틱이 뭉개지도록 진하게 쓴 글씨였다.

05 북극마녀

최예서 ● 여학생

진홍색 립스틱이 뭉개지도록 진하게 쓴 낙서는 마치 영화 속 한 장면처럼 보여서 현실감이 떨어졌다. 현실 같지 않은 낙서였지만 파장은 강력했다. 아침에는 민준서에게 성추행 가해자로 신고당하고, 점심때는 이상한 낙서 때문에 레즈비언으로 몰렸으니 정경희가 받은 충격은 상상 이상이었다. 교실에는 여자애들이 거의 다 모여 있었고, 남자애라고는 늘 잠만 자는 장경보밖에 없었다.

애들은 없는 말까지 만들어 내 미혜가 자작극을 벌였다고 수군거렸다.

"정경희가 중성적이어서 임미혜가 끌렸나 봐."

"학기 초부터 왕따여서 서로 가까워진 건가?"

"오늘 점심 먹을 때 유난히 둘이 가까이서 속삭였어."

"대놓고 좋아한다고 말하긴 그러니까 립스틱으로 낙서를 했나 봐."

애들은 작은 소리로 수군거렸지만 교실 어디에서나 다 들렸다.

정경희는 얼굴이 벌게지더니 책상에 엎드려 버렸다. 애들이 속삭이는 소리가 더해 가자 가끔 흐느끼기까지 했다. 임미혜는 달랐다. 적극 나서서 억울함을 호소했다.

"너 봤잖아! 너 들어갈 때 거울에 낙서 없었잖아?"

임미혜는 먼저 희진이에게 따지고 들었다.

"뭔 소리야? 그러면 내가 그 낙서를 했다는 말이야?"

희진이는 발끈했다.

"그런 게 아니라……."

임미혜 말은 갈 길을 잃어버렸다.

"나한테는 립스틱도 없어. 나는 화장도 안 하잖아."

누구에게 말하는지 모를 말이었다.

"그럼 뒤져 보지 뭐."

한성미가 나섰다.

한성미는 임미혜가 동의하기도 전에 임미혜 가방을 뒤졌다. 한성미는 곧바로 임미혜 가방에서 진홍색 립스틱을 찾아냈다. 화장실 낙서와 똑같은 빛깔이었다.

"내 거 아니야, 내 거 아니라고!"

임미혜 얼굴이 참혹하게 일그러졌다.

"립스틱이 있다면 내가 바르지 왜 안 바르겠어. 나는 틴트도 없단 말이야! 나는……."

임미혜가 아무리 호소해도 아무도 믿어 주지 않았다. 한성미가 임미혜 가방에서 립스틱을 찾아낸 순간, 이미 모든 사실은 명확해진 거나 마찬가지였다. 그것이 진실인지 아닌지는 아무런 의미가 없었다. 그렇게 믿을 만한 상황이면, 다들 그렇게 믿었고, 믿으면 그게 곧 사실이 되었다.

"아! 슬비야!"

다들 임미혜가 벌인 자작극이라고 믿으려고 할 때 튀어나온 슬비란 이름은 애들을 긴장하게 만들었다. 한성미, 홍윤정도 얼굴빛이 굳어졌다. 반장인 주혜린도 애들이 모두 믿는 사실을 뒤집을 수 없었지만, 이슬비는 사실을 뒤흔들 힘이 있기 때문이다. 임미혜가 내민 손은 마지막 구원을 향한 몸부림이었고, 하나밖에 없는 동아줄이기도 했다.

"너 아까 봤잖아."

이슬비를 '너'라고 부른 건 임미혜가 처음이었다. 우리끼리는 이슬비를 북극마녀, 줄여서 '북마'라고 불렀다. 북극마녀는 감히 건드릴 수 없는 존재였다. 우리와는 다른 차원에서 거니는 존재였다. 한성미나 홍윤정마저도 이름을 부르지 못하는 북극마녀를, 용감하게 '너'라고 부르다니, 놀랄 만한 사건이었다.

"너, 나간 뒤에 내가 바로 나갔잖아."

임미혜는 간절히 호소했지만 이슬비는 들은 척도 안 하고 앞만 보고 있었다. 이슬비가 아무런 반응을 보이지 않으니 임미혜는 점점 이슬비에게 다가가며 더 강하게 호소했다.

"슬비야!"

오직 임미혜만 움직였다. 아무도 움직이지 않았다. 마침내 임미혜는 이슬비 팔까지 잡았다.

그때였다.

"손 치워, 더럽게……. 학교 공사장에서 일하는 인부 딸 주제에 누구 몸을 만지는 거야?"

이슬비는 임미혜 손을 탁 내치더니 일어나서 나가 버렸다.

이슬비가 날리고 간 말은 임미혜에게 치명타가 되었다. 임미혜는 얼음이 되었다. 임미혜가 보여 준 반응은 이슬비가 내뱉은 말이 사실임을 증명했다. 그리고 화장실 립스틱 낙서도 자작극으로 굳어지게 했다. 립스틱도 아무개한테서 훔쳤을 거라는 말이 돌았다. 화장도 안 한다는 놀림을 받은 뒤 립스틱을 사려고 했지만, 가난해서 아무개에게 훔쳤을 거라는 말이었다. 예전에 누가 립스틱을 잃어버리지 않았느냐는, 있지도 않은 사건도 사실로 만들어졌다.

따지고 보면 모두 말도 안 되는 이야기였다. 립스틱으로 자기 이름과 경희 이름을 함께 썼다는 것부터 말이 안 된다. 누가 자기를 깎아내리고 위험에 빠뜨릴 낙서를 스스로 하겠는가? 공사장 인부 딸이라는 낙인도 마찬가지다. 그게 뭐 어떻단 말인가? 임미혜는 화장을 한 적도 없고, 입술에 립스틱을 바르고 다닌 적도 없다. 그런 애가 립스틱을 훔쳤다니, 말도 안 된다. 그런 빛깔을 지닌 립스틱을 잃어버린 애도 없었다. 모두 말이 안 되지만, 단 하나도 진실은 없었지만, 다들 사실이라고 믿어 버렸다.

피구할 때 한성미가 붙였던 딱지, 없는 말도 지어내는 애라는 딱지가 밥풀때기라면, 북극마녀가 붙인 딱지, 체육관 공사장에서 일하는 인부 딸이라는 딱지는 초강력 접착제였다. 그야말로 낙인이었다. 한동안 왕따에서 벗어났던 임미혜는 그 딱지로 인해 또다시 왕따가 되었다.

점심시간이 끝날 때쯤 남자애들이 쏟아져 들어왔다. 어깨동무를 한 민준서와 진수용이 가장 먼저 들어왔다. 둘은 오랫동안 함께 어울린 단짝처럼 보였다.

"뭐냐 이 분위기? 뭐가 이렇게 싸하냐?"

민준서가 까불거리며 말했다. 어제까지만 해도 학교 폭력 가해자로 신고당해서 울상을 짓고 다니더니, 어제와는 180도 달라진 얼굴빛이었다. 민준서와 진수용 뒤로 박찬영과 배영진이 웃으며 나타났다.

06
학교폭력대책자치위원회

김동연 ● 형사

나는 청남경찰서 여성청소년과 소속 형사로 주로 청소년 범죄를 담당한다. 맡은 업무 특성상 학교 폭력 문제도 많이 다루는데, 학교 폭력 사건은 늘 골치가 아프다. 내게 학교폭력대책자치위원회(학폭위)에 와달라고 학교 측에서 요구하는 사건은 약한 수위는 아닌데 형사범으로 처벌할 정도는 아닌 경우가 대부분이다. 무엇을 가해로 보고, 무엇을 피해로 볼지 애매한 경우가 꽤 많다. 가해자가 명확하게 잘못을 범했어도 순수하게 가해자 잘못이 어느 수준인지 정하기도 어렵다. 처벌을 결정할 때는 교육 효과를 고려해서 수위를 조절하는데 만만치가 않다. 내가 경찰이기 때문에 학폭위 위원들이 내 의견을 존중하는 경우가 많아서 부담도 크다.

"김 형사! 오늘 학폭위 일로 청남서중 가지?"

"네, 과장님!"

"6시에 시청에서 청남시 청소년위원회 위원들과 간담회 열 예정이니까 빨리 끝내고 와."

과장이 그렇게 말하지 않아도 학폭위를 오래 하고 싶지는 않았다.

청남서중에서 온 서류를 살폈다. 서로가 가해자고 피해자였다. 더구나 성문제였다. 학교에서 벌어진 성문제는 무척 민감하고 어렵다. 더구나 서로가 서로를 성폭력 가해자로 신고한 사건이라 난감했다. 여학생은 남학생이 성희롱했다고 신고하고, 남학생은 여학생이 성추행을 했다고 신고했다. 여학생이 남학생을 성추행하다니 믿기지 않았다. 그렇지만 목격자 진술서까지 있는 걸 보면 없는 일 같지는 않았다. 서류를 여러 번 읽었지만 결론을 내리지 못했다. 시계를 봤다. 가야 할 시간이었다.

청남서중 뒤편 골목에 차를 세우고 쪽문으로 들어갔다. 재개발지구 골목에 차를 세우니 찜찜했지만 어쩔 수 없었다. 학폭위가 열리는 장소는 교감실에 딸린 회의실이었다. 올해 벌써 청남서중만 학폭위 때문에 여섯 번째 방문이기에 곧바로 회의실로 갔다. 위원들 얼굴이 모두 낯익었다. 선생님들과도 인사를 나눴다. 그런데 가해자이자 피해자인 민준서 학생 엄마가 학폭위 위원으로서 여러 차례 만난 적이 있는 김민주 여사였다. 김 여사는 학교운영위원회 부위원장이기도 한데 민준서 학생의 엄마라니 솔직히 조금은 곤혹스러웠다. 학폭위 위원들도 김 여사가 가해자이자 피해자인 학생 학부모로 참가하니 부담스러워하는 표정이 역력했다. 그래도 어쩔 수 없었다. 학폭위는 규정에 따라 열렸고, 결론을 내려야만 했다.

위원들은 전부 모였는데 정경희 학생의 부모가 나타나지 않아 잠시 기다렸다. 조금 뒤 정경희 학생의 엄마가 회의실로 들어왔다. 서류를 보며 이름을 확인했다. 허성숙, 소박한 옷차림처럼 소박한 이름이었다. 김민주 여사가 입은 화려한 옷에 견줘서 보니 그 차이가 도드라졌다.

위원장이 개회 선언을 하고, 생활지도 선생님이 사건을 자세히 보고했다. 위원들은 자료를 살피며 보고를 경청했다. 일단 학생들은 별도 장소에서 기다리게 했다. 보고가 진행된 뒤 허성숙 씨가 의견을 제시했다. 옷차림에서 묻어나는 느낌처럼 말도 소박했고, 진실함이 느껴졌다. 미리 제출한 자료와 큰 차이가 없는 내용이었다.

"위원님들, 우리 준서가 그럴 리 없어요. 얼마나 착한 아인데……. 우리 준서는 어릴 때 기르던 병아리가 죽었다고 몇 시간이나 울던 아이예요. 그만큼 착한 애란 말이에요. 우리 준서가 이번에, 그러니까 6월에 당한 사건 때문에 많이 억울했나 봐요. 그 일을 당하고서 준서가 얼마나 울었는지 몰라요. 모욕감을 느꼈다면서 치욕스럽다고, 집에 와서 엄청 울었어요. 그때 제가 얼마나 속상했는지 아세요? 그런데도 참으라고, 못된 애라도 미워하면 안 된다고 말해 줬어요. 우리 준서가 그때는 그러겠다고 했는데, 아무래도 나이가 어리다 보니 그걸 참지 못했나 봐요. 우리 준서가 그때 당했던 억울함을 제대로 풀지 못해서, 이번에 그냥 울컥한 거죠. 아, 입에도 못 올리는 그런 더러운 말을······. 우리 준서가 얼마나 착한 앤데, 얼마나 속이 상했으면 그런 말을 했겠어요. 위원님들, 우리 준서가 당한 억울함을 꼭 풀어 주시길 바랍니다."

김민주 여사는 말을 마치고 위원들 각자에게 일일이 고개를 숙이고는 자리에 앉았다.

"이건 2차 폭력이에요. 제 딸이 신고를 하니, 억지로 일을 만들어서 꾸며 낸 거라고요."

"무슨 말이에요? 그때는 제가 말려서 참았다니까요? 2차 폭력이라니······ 기가 막혀서······. 우리 준서가 얼마나 착한 아인데요."

김민주 여사가 강하게 맞받아치자 허성숙 씨는 입을 꾹 다문 채 더는 입을 열지 않았다.

"두 분 말씀은 잘 들었습니다. 이제 증인 이야기를 들어 보죠. 한세민 선생님!"

학폭위 위원장인 허기영 교감 선생님 말이 끝나자 30대 초반으로 보이는 여자 선생님이 들어왔다.

"두 학생, 담임이신가요?"

내가 물었다.

"아니······, 담임입니다."

"아니라고 하셨나요?"

다시 물었다.

"현재, 담임 맞습니다."

"담임 맞으시죠?"

다시 한번 확인했다.

"네."

확실한 답변이었다.

"정경희 학생 진술서를 보면, 평소에 민준서 학생이 야한 이야기를 많이 했다고 하는데 맞나요? 한세민 선생님 수업 시간에도 그랬다고 하는데."

전체 상황 판단을 위해서 매우 중요했다. 그래서 담임 선생님인지 꼭 확인한 것이다.

"남자애들이야 원래 그런 경향이 있잖아요. 여자 선생님 보면 예쁘다고 하고, 뭐, 그 정도예요. 준서뿐 아니라 다른 남학생들도 종종 그래요. 물론 조금 민감한 여학생들이 들으면 야한 이야기처럼 들리기도 하겠지만, 제가 보기에는 크게 문제 삼을 정도는 아니에요. 그리고 학생들 사이에서 벌어지는 일도, 평소 준서 학생이 하는 거 보면, 그 또래 남자애들이 흔하게 하는 수준이 아니었을까 해요."

담임 선생 이야기를 듣고 나니 고민 사항 하나는 정리가 되었다.

"평소에 두 학생 사이가 좋지 않았나요?"

이 문제도 꼭 확인하고 싶었던 사항이었다.

"두 학생 사이에 큰 문제는 없었어요. 경희가 여학생들과도 잘 어울리는 편이 아니고, 남학생들과는 아예 이야기도 잘 나누지 않았으니까요. 남학생들도 경희에게 별로 말을 걸지 않았고."

"그렇군요. 담임 선생님께서는 이 문제가 어떻게 되면 좋겠습니까?"

"전 그냥, 무난하게 잘 해결되면 좋겠어요. 학생 때는 이런저런 갈등이 있잖아요. 특히 남학생과 여학생은 생각도 다르고, 취향도 달라서 오해로 인한 다툼이 종종 생기죠. 교육자로서 볼 때, 이런 문제를 폭력으로 다루기보다는 건강하게 교육으로 푸는 게 옳다고 생각합니다."

"알겠습니다. 의견 감사합니다."

한세민 선생님이 증언을 마치고 나가자, 나는 시간을 확인했다. 시청에서 열리는 회의까지는 시간이 남았지만, 빨리 끝내고 여유 있게 가고 싶었다.

"진수용 학생 증언이 맞는지 봐야겠어요."

허성숙 씨가 강하게 요구했다.

"죄송하지만 이 자리에는 증언을 한 학생을 출석시키지 않습니다. 만약에 학생을 증인으로 이런 자리에 세우게 되면 증인이 부담스러울 수 있고, 교육상으로도 좋지 않습니다. 그리고 증인이 제시한 진술서는 전담 기구에서 사전에 충분히 검증하고 조사하였습니다. 전담 기구에서 증인을 조사하며 나눈 대화도 녹취록으로 정리를 했으니, 의문이 들면 자료를 참고하십시오. 이러한 조치가 불충분하다고 판단하시면 재심 절차를 이용하시기 바랍니다."

위원장인 교감 선생님은 차분하게 허성숙 씨 요구를 거절했다.

"증인에 대한 심문은 안 되지만 정경희, 민준서 학생에 대한 질의응답은 진행할 수 있습니다. 그렇게 하시겠습니까?"

위원장이 허성숙 씨에게 물었다.

허성숙 씨는 고민하더니 그렇게 하지 않겠다고 말했다. 김민주 여사도 같은 의견이어서 학생들 진술은 듣지 않기로 결정했다. 증인이 진술하거나 학생들과 질의응답이 이어지면 회의가 길어지는데, 모두 생략하니 다행이었다. 학폭위를 길게 해 봐야 좋을 게 없고, 회의가 길어지면 시청 간담회에 늦을 수도 있었다. 이럴 때는 전문가인 내가 의견을 제시하고, 그쪽으로 의견을 모으는 게 좋을 듯했다.

"제가 보기에는 두 학생 모두에게 잘못이 있습니다. 그러니 서로 서면으로 사과하고 마무리하는 게 좋겠습니다. 위원님들 견해는 어떻습니까?"

이런저런 설명을 덧붙이면 논란만 생기기에, 나는 아주 간명하게 제안했다. 위원들 의견은 대체로 나와 같았다. 그런데 갑자기 김민주 여사가 강하게 반대하고 나섰다.

"부당해요. 우리 준서는 성희롱이고, 그 여학생은 성추행인데……. 성추행이 성희롱보다 더 심한 거 아닌가요? 더 큰 잘못에는 더 강한 벌을 줘야죠. 제 말이 틀렸나요?"

말은 맞다. 그렇지만 그런 식으로 따지고 들면 논란이 길어지고, 허성숙 씨 요구도 반영해야 한다. 내가 보기에 진수용 학생이 낸 진술서에는 약간 거슬리는 문구가 있었다. 6월에 일어난 일인데 지나치게 자세했다. 문장도 1학년 학생이 썼다고 보기에는 의심스러운 구석이 있었다. 그러나 본인이 지장을 찍고, 거짓 없이 진술했다고 서약도 했기에 그냥 넘어갔다. 나는 이 점을 짚기로 했다.

"여사님 요구는 잘 알겠습니다만, 만약 그리 요구하시면 진수용 학생 진술서에 관한 의문점도 추가로 조사하겠습니다. 담임 선생님 진술을 듣기는 했지만, 학생들 사이에 벌어지는 일을 담임 선생님이 모두 알 수는 없으니 다른 학생들을 직접 만나서 조사하는 것도 필요합니다. 전담 기구가 있기는 하지만 아무래도 다들 비전문가시니 조사는 전문가인 제가 직접 하겠습니다. 그 조사를 바탕으로 학폭위도 한 번 더 열어야 합니다. 그걸 원하십니까? 원하시면 그리 하겠습니다."

처음에 학폭위에 참가할 때는 이런 상황에서 어찌할 바를 몰라 학부모들에게 한없이 휘둘렸다. 나중에 경험이 쌓이면서 어떻게 해야 사태가 마무리되는지 알게 되었다. 김민주 여사는 내 말을 듣자 서로 서면 사과를 하고 끝내자는 내 제안을 받아들였다.

"좋아요. 이번에는 제가 참죠. 우리 준서가 받은 상처를 생각하면 억울하지만, 참으라고 할게요. 그것도 교육이니까요."

결국 내 제안에 따라 쌍방이 서로에게 서면으로 사과하고 끝내기로 했다. 사과문은 생활지도 선생님이 책임지기로 했다. 학폭위를 마무리하고 나는 곧바로 빠져나왔다. 괜히 그런 자리에 더 머물러 봐야 불편하기만 했다. 차에서 시간을 확인하니 여유가 꽤 있었다. 여유가 있으니 갑자기 맛있는 음식이 끌렸다. 규민산업 앞 사거리에 가면 아주 맛있는 국수집이 있다. 내가 먹어 본 국수 가운데 으뜸이었다. 그 국수를 떠올리니 침침했던 기분이 조금 풀렸다. 좁은 골목길을 돌아서 학교 앞 8차선 도로로 나왔다. 새로 들어선 고층 아파트가 중학교를 내려다보고 있었다. 낡은 재개발지구와 새로 들어선 고층 아파트가 학교를 사이에 두고 자아내는 묘한 이질감을 떨쳐 내고, 국수집으로 차를 빠르게 몰았다.

07
진실과 거짓

한세민 ● 기간제 교사

미혜가 증언을 해 주면 좋으련만 기억이 안 나나 보다. 수요일 쉬는 시간과 종례 때도 불러서 물어보고, 목요일 아침에 또다시 물어봤는데도 기억이 나지 않는다고 했다. 그 반면에 수용이는 진술서를 냈고, 직접 물어보면 마치 어제 겪은 듯이 말했다. 진수용이 한 진술은 지나치게 자세해서 도리어 믿음이 안 갔다. 무엇보다 평소에 민준서가 한 짓을 고려했을 때 진수용이 한 진술은 신뢰하기 힘들었다. 학폭위에서 어떻게 말해야 할지 고민스러웠다.

목요일에 점심을 먹으러 가려는데 교감이 나를 불렀다.

"한 선생, 같이 밥 먹으러 갑시다."

교감이 나에게 밥을 먹으러 가자고 한 것은 이 학교에 온 뒤로 처음이었다.

"5교시 수업이 있는데……."

"괜찮아요. 늦지 않을 테니."

교감 차는 뒷골목이 아니라 운동장 바로 옆 주차장에 있었다. 교감은 학교 정문으로 나간 뒤 고층 아파트 뒤편 상가에 있는 고급 식당으로 들어갔다. 내 월급으로는 오기 부담스러운 식당이었다. 교감은 방으로 된 자리로 들어갔고 곧 방문을 닫았다. 들어가자마자 요리가 나왔는데 3인분이었다. 한 사람이 더 오는 모양이었다. 조금 뒤 방문이 열리고 민준서 학생의 엄마인 김민주 여사가 들어왔다.

김민주 여사는 밝게 웃으며 바로 내 옆자리에 앉았다. TV 드라마에 나오는 부잣집 사모님이 현실로 튀어나온 듯했다. 핸드백이 나와 김민주 여사 사이에 놓였다. 인터넷에서만 보던 명품 핸드백이었다. 귀걸이와 목걸이와 반지에서 다이아몬드가 반짝였다. 남편이 큰 병원 원장이라는 말을 들은 적이 있다. 가만히 있어도 묻어나는 부유함과 사치가 몹시 부러웠다.

교감이 평소답지 않게 친절하게 대했다. 김민주 여사는 줄곧 내 칭찬을 했다. 어떤 표정을 골라야 할지 갈피를 잡기 힘들었다.

"교감 선생님, 내년에 정규직 교사 두 분을 채용할 계획이죠? 한 선생님이 되어야 하지 않겠어요? 그동안 고생도 많이 하셨는데."

"안 그래도 1순위로 생각하고 있습니다."

"전, 한 선생님 같은 분이 우리 준서를 가르쳐서 정말 좋아요. 우리 준서도 한 선생님이 참 좋다는 말을 많이 해요."

두 사람이 내게 비싼 점심을 사 주고, 듣기 좋은 말을 서로 주고받는 의도는 뚜렷했다. 내가 학폭위에서 자기들 입맛에 맞는 증언을 하라는 압력이었다.

"우리 한 선생이 아주 현명해서 학폭위 때 잘하리라 믿어요."

교감은 대놓고 압력을 가했다. 내가 학폭위에서 민준서를 잘 감싸 준다고 정말 나를 정규직 교사로 만들어 줄지는 불확실했다. 그렇지만 내가 교감의 뜻을 어기면 정규직 교사가 될 수 없다는 점은 확실했다. 나는 교감이 시키는 대로 하기로 했다.

화요일에 학폭위가 열렸고, 나는 증인으로 참석했다. 위원으로 온 경찰이 나에게 대뜸 담임이냐고 물었다. 어떻게 답해야 할지 망설이다 담임이라고 했다. 임시라는 말을 붙이려다가 그만두었다. 학폭위 위원장으로 앉아 있는 교감과 눈이 마주쳤는데 그러지 말라는 강력한 신호를 받았기 때문이다.

"정경희 학생 진술서를 보면, 평소에 민준서 학생이 야한 이야기를 많이 했다고 하는데 맞나요? 한세민 선생님 수업 시간에도 그랬다고 하는데."

이 질문이 나올 줄 알았다. 내가 진실을 있는 그대로 진술하면, 김민주 여사의 얼굴이 어떻게 바뀔지 잠깐 상상해 봤다. 순진한 애라고 철석같이 믿은 아들이 늘 야동만 보고, 야한 이야기만 한다는 걸 알면 어떤 표정을 지을까? 비싸고 화려한 옷을 입은 귀하신 사모님 얼굴이 어떻게 일그러지는지 한번 보고 싶기는 했다. 그렇지만 그 뒤에 다가올 폭풍을 감당할 자신은 없었다. 내가 진실을 밝히면 아마도 나는 계약이 끝날 것이다. 어쩌면 이 학교뿐 아니라 청남시에 있는 다른 학교에도 기간제 교사로 가기 어렵게 될지 모른다. 만약에 저 두 사람이 원하는 대로 내가 적당히 얼버무리고 넘어가면 어떻게 될까? 어쩌면 이번 일을 계기로 나를 정규직 교사로 만들어 줄지도 모른다. 아닐 수도 있지만, 굳이 저 두 사람 뜻을 거역하고 싶지는 않았다.

"남자애들이야 원래 그런 경향이 있잖아요. 여자 선생님 보면 예쁘다고 하고, 뭐, 그 정도예요. 준서뿐 아니라 다른 남학생들도 종종 그래요. 물론 조금 민감한 여학생들이 들으면 야한 이야기처럼 들리기도 하겠지만, 제가 보기에는 크게 문제 삼을 정도는 아니에요. 그리고 학생들 사이에서 벌어지는 일도, 평소 준서 학생이 하는 거 보면, 그 또래 남자애들이 흔하게 하는 수준이 아니었을까 해요."

말을 하면서 뒤집히는 속을 애써 참았다. 준서처럼 못되고 야동에 중독된 남학생은 처음 본다고 내뱉고 싶었지만, 내 입은 양심이 아니라 현실을 따라 움직였다.

"평소에 두 학생 사이가 안 좋았나요?"

담임이 아니라서 제대로 답변할 수 없는 질문이었다. 그렇지만 이미 이런 질문이 나올 줄 어림하고, 1반 학생들에게 경희에 대해 미리 물어봤다. 경희가 늘 혼자 지내고, 여학생들과 잘 어울리지 못한다는 말을 들고 다행이라 여겼다. 경희가 여자애들과도 잘 어울리지 못할 만큼 인간관계에 서툴다는 사실이 드러나면 아무래도 준서에게 유리했다.

"두 학생 사이에 큰 문제는 없었어요. 경희가 여학생들과도 잘 어울리는 편이 아니고, 남학생들과는 아예 이야기도 잘 나누지 않았으니까요. 남학생들도 경희에게 별로 말을 걸지 않았고."

내 답변을 들은 경찰은 고개를 눈에 띄게 끄덕였다. 다른 위원들은 경찰이 짓는 몸짓을 놓치지 않고 눈여겨보았다.

"그렇군요. 담임 선생님께서는 이 문제가 어떻게 되면 좋겠습니까?"

이런 걸 내게 왜 묻는지 모르겠다. 담임이라고 밝혔는데, 강하게 처벌하라거나 진실을 규명하기 위해서 강력한 조사를 해야 한다고 말할 수 있을까? 경찰도 내가 어떤 말을 할지 이미 알고 있을 것이다. 어쩌면 내가 그 뻔한 말을 해 주길 바라는지도 모르겠다. 나는 기대대로 아주 뻔한 말을 내뱉어 주었다.

"전 그냥, 무난하게 잘 해결되면 좋겠어요. 학생 때는 이런저런 갈등이 있잖아요. 특히 남학생과 여학생 사이에서는 생각도 다르고, 취향도 달라서 오해로 인한 다툼이 종종 생기죠. 교육자로서 볼 때, 이런 문제를 폭력으로 다루기보다는 건강하게 교육으로 푸는 게 옳다고 생각합니다."

진술을 마치는데 교감이 만족스러운 얼굴로 나를 바라보았다. 양심은 찔렸지만, 교감이 보낸 신호가 나를 들뜨게 했다. 어쩌면 오래된 내 소원을 이룰지도 모른다는 기대에서 오는 설렘이었다.

퇴근을 하려는데 교감이 또 나를 불렀다. 교감은 식당 이름을 알려 주며 그곳으로 오라고 했다. 식당 앞 주차장에 자동차를 세우는데 모두 비싼 차들뿐이었다. 낡은 경차를 몰고 온 내가 부끄러웠다. 그나마 차에 타고 있으면 밖에서 자동차 안이 잘 안 보이는 게 위안이 되었다. 차에 앉은 채 그대로 머물고 싶었다. 나를 드러내고 싶지 않았다. 물론 그럴 수는 없었다. 주차장에 사람이 안 보일 때를 틈타서 재빨리 자동차에서 내렸다. 식당으로 들어가니 종업원이 방으로 안내해 주었다.

방안에는 허기영 교감, 권영근 행정실장과 함께 낯선 중년 남자 한 명이 더 있었다. 중년 남자는 과도하게 밝은 웃음을 지으며 내게 명함을 내밀었다. 명함에는 '김팽석'이라는 이름과 함께 '프리덤건설'이란 글자가 빛을 받아 반짝거렸다. 프리덤건설이라면 학교 체육관 공사를 하는 업체다. 국내에서 몇 손가락 안에 꼽히는 건설회사이기도 하다. 아무래도 김팽석이란 중년 남자는 학교 체육관 공사 현장 소장인 듯했다.

식사하는 내내 앉아 있기가 몹시 불편했다. 오가는 말에 진심이라고는 한 움큼도 느껴지지 않았다. 그나마 다음과 같은 말이 그 자리에서 버틸 힘을 주었다.

"오늘 보니까 우리 한 선생이 교육자로서 자질이 훌륭해."

훌륭하다는 말이 훌륭하게 들리지는 않았지만 반가운 말이었다.

교감과 행정실장, 김팽석 소장은 매우 가까운 사이로 보였다. 내가 들으면 안 되는 비밀스런 대화도 대수롭지 않게 나누었다. 체육관 공사와 관련된 부정한 거래와 관련한 대화였는데 내가 들어도 상관없다는 태도였다. 나도 자기들과 같은 편이라고 여겨서 그러는 건지, 아니면 내가 들어도 어찌할 수 없다고 믿는 건지 모르겠다. 만약 같은 편이라고 믿어서 저렇게 하는 거라면, 이 상황을 좋아해야 하는 걸까?

"한 선생, 오현철 선생이랑 친한가? 한 선생이 오 선생 학급 일도 많이 하던데."

오현철 선생은 1학기 내내 체육관 공사에 마음이 팔려서 툭하면 나한테 1학년 1반 일을 시켰다. 정규직 교사가 시키는 일을 기간제 교사인 내가 거절할 수는 없었다. 조금이라도 싫어하는 낌새를 내비치면 정규직 교사가 되는 데 도움이 된다거나, 다른 기간제 교사 이름을 거론하며 내가 거절할 수 없게 만들었다. 그런 관계를 친하다고 하면 안 되겠지만, 그 자리에서 굳이 그렇게 말할 까닭은 없었다.

"네. 뭐 조금."

"잘됐네. 오 선생이 체육관 공사와 관련해서 자꾸 이런저런 문제를 제기해서 말이야. 자꾸 공사 현장에 들러서 비리가 어떠니, 계약이 어떠니, 자재 수준이 어떠니 하면서 괴롭혀서 우리 김 소장이 참 골치가 아파."

교감이 관자놀이를 문지르는 시늉을 했다.

"한 선생이 오 선생과 친하다니 하는 말인데, 혹시 오 선생이 반에서 뭐 잘못하는 일 없나?"

"네?"

"뭐, 학생들에게 욕을 한다든지, 폭력을 휘두른다든지, 그런 거 말이야."

이 말은 내게 오현철 선생 뒤를 캐라는 지시였다. 이제는 나를 첩자로 부려먹겠다는 걸까?

내가 대답을 않고 가만히 있으니 교감이 너털웃음을 터트렸다.

"하하하, 뭐 이상한 일이라고 여기지는 마. 다 학교를 위해서야, 학교를~! 이렇게 우리가 힘을 합쳐서 일하면, 아무래도 내년 정규직 교사를 선발할 때 한 선생에게 가산점이 주어지지 않겠어?"

그 자리에서 그럴 수 없다고 말할 처지는 아니었다. 오현철 선생이 나한테 부당하게 했던 일들이 생각났다. 그런 일이라면 곧바로 수십 가지는 말할 수 있다. 물론 교감이 듣고 싶은 사례는 아니겠지만 말이다.

"앞으로는 잘 알아보겠습니다."

"그래, 그래! 역시 내 눈이 정확하다니까. 한 선생은 오늘부터 우리와 같은 편이야. 알았지?"

같은 편이라는 말이 정규직 교사 자리를 주겠다는 헛된 약속보다 훨씬 위로가 되었다. 교감은 이 학교에서 가장 힘이 세다. 교감과 같은 편이 되면, 어쩌면 내 처지가 완전히 바뀔지도 모른다. 갑자기 희망이 생겼다.

"우리끼리 조금 더 할 얘기가 있으니까 한 선생은 먼저 나가 봐요."

교감에게 나가도 좋다는 말이 나오자마자 곧바로 자리에서 일어났다. 문을 나서기 바로 전에 김팽석이 파란 서류철을 꺼내 행정실장 앞에 펼치는 장면이 보였다. 나는 못 본 척하며 얼른 문을 닫았다.

혼자 집으로 차를 몰고 가는데 한편으로는 씁쓸하면서도, 또 한편으로는 묘한 기쁨이 일었다. 내 마음인데 나도 알 수가 없었다.

08 드디어 이룬 꿈

진수용 ● 남학생

 화요일 수업이 끝나고 나가려는데 민준서가 나를 불렀다. 민준서는 다른 애들 눈을 피해서 학교 뒤편으로 나를 데려갔다. 민준서와 나는 느티나무 옆 벤치에 나란히 앉았다. 민준서는 뜬금없이 6월 어느 날 청소 시간에 벌어졌던 일을 꺼냈다. 처음에는 어떤 날인지 기억도 잘 안 났다. 민준서한테 한참 설명을 듣고 난 뒤에야 그날이 떠올랐다. 떠오르긴 했는데 명확하지는 않았다.
 "그날, 청소할 때, 경희가 내 사타구니 친 거 봤지? 그치?"
 내가 대답을 못 하고 머뭇거리자 민준서는 거듭 나를 다그쳤다.
 "경희가 빗자루로 내 사타구니를 치고, 내가 막 어쩔 줄 몰라 하고, 그랬잖아? 너도 옆에 있었으면서 그걸 못 봤어? 기억 안 나?"

골똘히 떠올려 보니 그날 일이 어느 정도 기억이 났다. 내 머리에 떠오른 장면은 민준서가 강요한 기억과는 사뭇 달랐다. 나는 나도 모르게 고개를 갸웃거렸다.

"그때, 너 허벅지 바깥쪽 맞지 않았어? 경희가 왼손으로……."

"야!"

민준서가 정색을 했다.

"이번에 내 편 들어줘."

민준서가 내 손을 덥석 잡았다.

"내 편 들어줘. 그러면 넌, 우리랑 같이 지낼 수 있어."

"우……리?"

"그래! 우리!"

"우…리…라면……."

"찬영이, 영진이랑 같이 지낼 수 있다고. 이번에 나만 잘 도와주면. 너, 그거 원했잖아."

갑자기 가슴이 뛰었다.

"정말?"

"그래!"

배영진, 박찬영과 가까워질 수 있는 기회가 오다니, 오랫동안 기다렸던 순간이었다. 정경희가 어떻게 되는지는 애초부터 내 관심사가 아니었다.

"내가, 어떻게 하면 돼?"

내가 그렇게 말하자 딱딱하게 굳었던 민준서 얼굴이 몰라보게 밝아졌다.

"그날 경희가 내 사타구니를 쳤다고만 해 주면 돼."

"알았어. 그렇게 할게."

나는 고개를 끄덕였다.

"진술서도 써 줘."

"진술서?"

"응. 말로만 하면 안 돼. 진술서를 써 줘야 경희를 꼼짝 못하게 할 수 있거든."

"알았어. 쓸게. 어떻게 쓰면 돼."

준서가 종이 한 장을 내밀었다.

나는 경희가 빗자루를 들어서 준서 사타구니를 쳤다고 간단하게 썼다.

"됐어?"

"응! 좋아! 잠깐만."

준서가 전화를 걸었다.

전화를 끊고 준서는 학교 뒤편 쪽문으로 나를 이끌었다. 쪽문으로 나가자마자 까만 자동차가 나타났다. 자동차 문이 열리더니 학교에서 몇 번 봤던 준서 엄마가 반갑게 나를 맞았다. 준서가 차에 타면서 나도 같이 타라고 했다. 머뭇거렸더니 준서 엄마가 괜찮다면서 타라고 했다. 준서는 엄마한테 내가 진술서를 썼다고 하며 진술서를 건넸다.

"우리 준서를 위해서 진실을 밝혀 주다니 아주 착한 학생이네."

차를 몰고 가면서 준서 엄마는 내 칭찬을 엄청 많이 했다. 이제까지 살면서 칭찬을 그렇게 많이 받아 보기는 처음이었다. 자동차는 신시가지 번화가에 있는 식당으로 갔다. 차에서 내리는데 바로 뒤에 또 다른 고급 승용차가 주차장으로 들어왔다. 식당 겉모습이나 주차장에 서 있는 차들을 보니 아주 비싼 음식을 파는 식당인 듯했다. 주문한 음식들은 태어나서 처음 먹어 보는 음식이었다. 아주 맛있었다.

"수용 학생이 쓴 진술서를 봤는데, 조금 고쳐야겠어. 내용이 조금 아쉽고, 다르게 해석할 여지도 있거든."

준서 엄마가 말했다.

"고쳐야 돼?"

준서가 자기 엄마에게 물었다.

"조금만 손보면 될 거야. 수용 학생, 괜찮지?"

준서 엄마가 따뜻하게 부탁했다. 나야 거절할 이유가 없었다.

나는 준서 엄마가 시키는 대로 문장을 고쳤다. 내가 처음 쓴 진술서보다 훨씬 길고 자세했다. 다시 쓴 진술서를 읽으니 마치 조금 전에 겪은 듯 생생했다. 진술서가 진실이며 거짓일 경우 책임진다는 문장도 마지막에 써넣었다.

"나중에 누가 물어보면 꼭 이대로 말해야 돼요. 알았죠?"

진술서를 다 완성하고 나자 준서 엄마가 나에게 신신당부했다.

식당에서 나오는데 준서 엄마가 나에게 용돈을 주었다. 그렇게 많은 용돈은 태어나서 처음 받아 보았다.

　다음 날 아침, 준서 엄마가 학교에 나타나 장경희가 준서에게 성추행을 했다며 신고서를 제출했다. 내 진술서는 성추행을 뒷받침하는 핵심 증거로 첨부되었다. 임시 담임인 한세민 선생님이 3교시 쉬는 시간에 나를 불렀다. 나는 진술서에 쓴 대로 말했다.

　점심시간, 준서는 박찬영과 배영진이 앉는 자리에 나를 끼워 주었다. 박찬영과 배영진은 나를 다정하게 대해 주었다. 밥 먹고 난 뒤에는 축구도 같은 편이 되어서 뛰었다. 박찬영은 내가 공을 찰 수 있는 기회를 많이 제공해 주었다. 내가 실수를 하면 괜찮다면서 등을 다독여 주기도 했다. 마지막에 내가 찬 공을 준서가 배영진에게 연결해서 결승 골을 넣었다. 찬영이와 영진이, 준서는 내가 잘해서 골을 넣었다며 나를 치켜세웠다. 마지막 골 덕분에 우리 편이 이겼다. 준서는 나와 어깨동무를 하며 교실로 걸어갔다. 찬영이와 영진이도 내 몸을 툭툭 건드리며 장난을 치고, 큰 소리로 웃었다. 우리는 친구였다. 마침내 내가 그렇게도 간절히 바라던 소원이 이루어졌다.

09
부탁

임미혜 ● 여학생

서희진을 한성미에게 고자질한 뒤에 찾아왔던 편안함은 립스틱 사건을 계기로 지옥으로 바뀌었다. 학기 초에 당했던 왕따는 다시 맞이한 왕따에 견주면 무난한 학교 생활에 속했다. 예전에는 여자애들 사이에서만 당하는 왕따였고, 나를 괴롭히는 애들도 그리 많지 않았으며, 괴롭히더라도 견딜 만했다. 그때도 힘들기는 했지만 괴로워서 죽을 지경은 아니었다.

그렇지만 새롭게 맞이한 왕따는 결이 달랐다. 내 얼굴을 보기만 하면 애들은 립스틱을 훔친 도둑, 레즈비언, 체육관 인부 딸이라는 낱말을 욕설과 함께 퍼부었다. 더럽다면서 나와 스치기만 해도 욕을 했다. 아무리 깨끗이 씻고 단정하게 꾸미고 가도 나는 더러운 년이었다. 남자애들도 더럽다면서 나를 멀리했고, 내가 움직이면 화들짝 놀라며 도망쳤다. 내가 어떻게 해 볼 수 있는 상황이 아니었다. 심지어 주혜린도 나를 모른 척했다. 괴롭힘은 우리 반을 넘어 다른 반으로 확대되었다. 지나가던 애들도 나를 '체육관 인부 딸에 레즈비언 도둑'이라고 손가락질하며 놀렸다.

죽고 싶었다. 정말 죽고 싶었다. 견딜 수 있는 한계를 넘어서는 고통이었다. 그래서 집에서 목을 맸다. 목을 맸는데, 줄이 약했는지 툭 끊어졌다. 이 낡은 집은 자살도 못 하게 한다며 원망했다. 목에 줄을 감고 쓰려져 우는데 아빠가 그날따라 빨리 집에 돌아왔다. 아빠는 내 목에 감긴 줄을 풀며 나를 껴안았다. 아빠를 보자마자 나는 죽고 싶다는 말부터 내뱉었다. 아빠 품에 안겨서 한참을 울고 또 울었다.

"아빠, 학교 공사장에 오지 마! 일하러 안 오면 안 돼? 내가 공사장 인부 딸이라고 애들이 놀려. 내가 가난하다고, 화장도 안 하는데 립스틱을 훔친 도둑이라고 손가락질해. 공사장 인부 딸이니 립스틱을 훔쳤을 거래. 제발, 아빠! 우리 학교 체육관 공사장에 오지 마."

나는 눈물을 뚝뚝 흘리며 아빠에게 학교에 제발 오지 말라고 부탁했다. 아빠는 내가 바라는 말은 해 주지 않고 누가 처음에 그런 말을 했냐고 다그쳐 물었다.

"'이슬비'라는 전학생이야. 그런데 걔는 애들 비밀을 다 알아. 어떻게 아는지 모르겠지만 애들 사이에 벌어진 비밀스러운 일을 모두 알아. 아빠가 체육관에서 일하는 인부라는 것도 걔는 알고 있었어. 이슬비가 나를 체육관 인부 딸이라고, 나보러 더럽다고 하니까 그 뒤로 애들이 전부 나만 보면 더럽다면서 피하고 욕해. 아빠, 나 더러워? 내가 더럽냐고?"

레즈비언으로 오해받는다는 이야기는 끝내 하지 않았다. 그런 낯말을 아빠에게 들려주고 싶지는 않았다. 내가 내뱉는 말이 아빠에게 얼마나 끔찍하게 고통을 주는지 알면서도 나는 아무에게도 풀어놓지 못하는 한을 모조리 아빠에게 쏟아 내고 말았다. 그러면서 나는 끊임없이 아빠에게 학교 공사장을 그만두라고 부탁했다. 아빠가 체육관 인부여서 이 모든 일이 벌어지기라도 한 듯이 거기에 매달렸다. 내 말이 아빠 존재를 부정하는 짓인지 알면서도 어쩔 수가 없었다. 내가 그렇게 끈질기게 부탁했지만, 아빠는 끝내 내가 바라는 대답을 해 주지는 않았다. 그 대신 곧장 나를 데리고 나가 립스틱을 비롯한 화장품을 잔뜩 사 주었다. 태어나서 처음으로 갖고 싶던 화장품을 잔뜩 가졌지만, 허전함을 채울 수는 없었다.

10
불길한 예감

한세민 ● 기간제 교사

 그 일을 겪은 뒤 민준서는 수업 시간에 더는 야한 말을 하지 않았다. 수업 태도도 눈에 띄게 좋아졌다. 분위기를 보니 여자애들에게도 조심하는 듯했다. 민준서 사건 뒤에 1학년 1반뿐 아니라 다른 반에서도 야한 말들이 수업 시간에 완전히 사라졌다. 학교에서도 성교육을 여러 번 실시했고, 교사 회의에서도 몇 차례 다뤘다. 교감은 눈에 띄게 나에게 잘해 주고, 교감이 잘해 주니 다른 선생들도 나를 함부로 하지 않았다. 일이 줄고, 수업이 편해지고, 관계도 좋아졌다. 더할 나위 없이 좋았다. 이대로 가면 정규직 교사가 될 수도 있다는 희망이 점점 부풀었다.
 교감이 나에게 한 부탁도 꾸준히 수행했다. 교감은 오현철 선생이 체육관 공사에 불만이 많다면서, 혹시 문제 행동을 하지 않는지 알아

봐 달라고 했다. 아닌 게 아니라 오현철 선생은 틈만 나면 체육관에 갔다. 교무실에 머무는 시간도 별로 없었다. 체육관에 다녀와서는 사진을 정리하고, 관련된 정보를 검색했다. 체육 선생이니 체육관 공사에 관심을 두는 게 당연해 보이지만 아무리 봐도 그 정도가 지나쳤다. 나는 그런 일들을 일일이 기록했다. 일주일 동안 오현철 선생과 관련된 일을 정리한 뒤에 교감에게 알렸더니, 교감은 나를 칭찬하면서 체육관 관련된 일뿐 아니라 학생들과 관련해서 문제가 없는지도 살펴보라고 했다.

학생들과 관련해서 별다른 문제는 없었다. 학생들을 강하게 다루기는 했지만, 교사로서 하지 말아야 할 일을 벌이지는 않았다. 다만 이슬비와 관계는 조금 묘했다. 오현철 선생이 이슬비와 따로 대화를 나누는 장면을 서너 번 보았는데 어떤 때는 부탁하는 투로 말하다가 어떤 때는 불같이 화를 내기도 했다. 이슬비는 오현철 선생이 부탁을 하든 화를 내든 눈빛 하나 흔들리지 않았다. 이슬비가 그런 반응을 보이면 오현철 선생은 더 씩씩거리며 화를 냈지만, 오현철 선생으로서는 어찌 할 길이 없었다. 1반 학생들에게 정보를 수집해 보니 오현철 선생은 다른 건 다 봐주는데 자기 체육 수업 때 이슬비가 제대로 하지 않으면 몹시 화를 낸다고 했다. 체육관과 체육 수업, 아무래도 오현철 선생은 체육에 관해서는 단순한 애정이나 자부심을 넘어, 집착하는 수준에 이른 듯했다. 오현철 선생이 이슬비를 대하는 태도와 관련한 소식을 전하자, 교감이 아주 좋아했다.

그러던 10월, 체육대회가 열리기 전날이었다. 속이 불편해서 점심을 먹기 싫었다. 커피 한잔을 타서 교무실 밖으로 나왔다. 내 은신처로 가려고 나와 보니 왕대현 씨가 계단에서 땀을 흘리며 일을 하고 있었다. 왕대현 씨는 나를 보자마자 몸을 일으키더니 허리를 깊이 숙이며 인사를 했다.

"안녕하세요?"

그 친절함이 참 따뜻했다.

"계단에 무슨 공사를 하시나 봐요?"

"체육관 야간 이용에 대비해서 계단을 밝힐 안내등을 설치하는 중입니다."

"고생하시네요."

나는 왕대현 씨 옆을 지나 계단을 올라갔다.

계단 끝에 이르렀을 때 행정실장의 목소리가 들렸다.

"왕 씨!"

몸을 돌려 계단 아래를 보다 행정실장과 눈이 마주쳤다. 행정실장은 나를 힐끗 보더니 곧바로 왕대현 씨를 향해 말을 건넸다.

"오늘 퇴근할 때 체육관 현장 소장실 좀 들렀다 가요. 현장 소장이 부탁이 있다니까."

"네. 알겠습니다."

행정실장은 다시 한번 나를 보고는 안으로 들어가 버렸다.

계단 위에 서서 잠시 동안 물끄러미 왕대현 씨를 보았다. 땀을 뻘뻘 흘리며 잠시도 쉬지 않고 일을 했다. 참 성실한 사람이었다. 나도 저렇게 성실하게 교사 역할을 해야 하는 게 아닐까? 기간제 교사라는 신분을 탓하지 말고 교사로서 최선을 다해야 하지 않을까? 왕대현 씨가 일하는 모습은 꺼져 가던 양심을 아프게 건드렸다. 그렇지만 양심에 이끌려서만 살 수는 없었다. 일단 정규직 교사가 된 뒤에 그다음부터 제대로 된 교사 노릇을 하면 된다고 스스로에게 변명을 늘어놓았다.

왕대현 씨에게서 눈을 떼고 내 은신처로 가려는데 체육관 쪽에서 오현철 선생과 교감이 함께 걸어오는 모습이 보였다. 그대로 은신처로 가면 두 사람이 내 은신처를 알아 버릴 것 같았다. 나는 은신처 쪽으로 가지 않고 느티나무 뒤쪽 큰 돌들이 있는 곳으로 몸을 숨겼다.

두 사람은 느티나무 옆 벤치에 앉더니 입씨름을 벌였다.

"교감 선생님, 그런 싼 자재를 쓰면 안 된다니까요. 제가 몇 번이나 말씀드렸잖아요. 왜 그걸 그냥 두세요. 보고도 모르세요?"

"오 선생! 오 선생이 도대체 뭘 안다고 그래요. 전문가들이 하는 거잖아요."

"전문가가 아니어도 눈으로 보면 보이는데 그걸 왜 모르십니까?"

"눈으로 본다고 다 압니까? 그러면 건축 전문가는 다 굶어 죽겠네요. 다들 척 보면 알 테니 말이에요."

"사진을 찍은 뒤에 다른 업체나 관계자들에게도 물어보고 조사도 해 봤습니다. 인터넷으로 검색만 해 봐도 다 나옵니다."

"그렇게 잘 알면 오 선생이 직접 공사를 하세요. 한두 번도 아니고 도대체 사사건건 왜 이래요?"

"정말 이러실 겁니까? 체육관이라고요. 학생들이 뒹굴고 뛰고 달리는……."

"누가 모릅니까? 잘되고 있으니까 다른 사람들은 말이 없잖아요. 오 선생이 사사건건 트집을 잡는 바람에 공사가 늦어진 게 몇 번인지 알기나 해요? 건설업체가 프리덤건설이에요, 프리덤건설! 그렇게 큰 건설회사가 엉망으로 할 리가 없잖아요."

"크다고 잘하나요? 큰 회사가 더 크고 많은 비리를 저지른다는 거 잘 아시잖아요."

"알긴 뭘 잘 알아요. 그만 해요. 그만 해! 지겨워서, 어휴 정말!"

교감이 짜증을 버럭 내더니 그대로 가 버렸다.

오현철 선생이 씩씩거리는 소리가 바위 뒤에 숨은 나한테까지 들렸다. 둘이 나누는 대화를 들으니 교감이 왜 오현철 선생을 그리도 싫어하는지 알 만했다. 오현철 선생이 사라진 걸 확인한 뒤에야 나는 내 은신처로 들어갔다. 은신처 안쪽 방으로 들어가 문을 닫고 불을 껐다. 어둠에 묻히니 내 기분도 가라앉았다. 그 순간은 온전한 나였다. 내 꿈은 무엇이었을까? 내 꿈은 정말 교사였을까? 지금 내 꿈은 뭘까? 나는 애들을 잘 가르치고 싶은 걸까? 아니면 안정된 직장을 바라는 걸까? 그만두고 그냥 학원 선생을 하는 게 더 낫지 않을까? 이런저런 고민을 했지만 딱히 결론이 나지는 않았다.

그날 마지막 수업은 1학년 1반이었다. 예전에는 민준서 때문에 짜증이 나고, 말썽쟁이 차현준 때문에 골치가 아팠는데 이제 둘 다 얌전해져서 수업 부담이 줄어들었다. 딱 한 명, 이슬비는 여전히 걸림돌이었다. 뭘 시켜도 안 하고, 숙제도 안 냈고, 모둠 활동도 전혀 참여하지 않았다. 이슬비 때문에 수업 분위기가 어색해지는 경우도 종종 있었다. 그렇다고 아예 열외로 할 수도 없고, 참 골치 아픈 존재였다.

수업을 하려는데 반장이 내일 체육대회와 관련해서 준비할 게 많다며 시간을 내 주면 안 되겠냐고 부탁했다. 몸도 별로 안 좋고, 점심을 먹지 않아 기운도 없었기에 기꺼이 그러라고 했다. 체육대회 준비 시간을 주기 전에 숙제를 거뒀다. 심지어 늘 잠만 자는 장경보도 해 온 숙제를 이슬비만 하지 않았다. 그냥 넘어가려다 별 생각 없이 물었다.

"슬비는 안 내니?"

아주 부드럽고 조용하게 물었다.

"뭐야. 짜증 나게."

이슬비는 인상을 구기더니 나를 째려보았다. 갑자기 짜증이 확 밀려왔다. 그렇지만 참았다. 이슬비에게 화를 내 봐야 내게 도움 될 일이 없었다. 나는 더 이상 말하지 않고 거둬들인 숙제를 들고 의자에 앉았다. 반장과 부반장이 앞으로 나와 체육대회 준비를 했다. 회의가 차분하게 잘 진행되었기에 나는 숙제 검사를 하는 데 집중했다. 차분히 숙제 내용을 점검하는데 갑자기 이슬비가 내지르는 소리가 들렸다.

"아, 짜증 나!"

숙제를 보던 눈을 들었다.

이슬비가 자기 자리에서 일어나 성큼성큼 걷더니 교실을 빠져나가려고 했다.

"야, 너 뭐야? 왜 나가?"

1학기 때 반장이었다가 2학기 때는 부반장을 하는 주혜린이 이슬비를 불렀다.

"이런 쓸데없는 짓에 시간 낭비하기 싫어."

주혜린은 말문이 막힌 채 나를 봤다. 선생님인 나에게 조치를 취해 달라는 신호였다. 그렇지만 이슬비는 다른 선생님들도 어쩌지 못한다. 나처럼 불안정한 기간제 교사가 어떻게 해 볼 수 있는 대상이 아니었다. 내가 어찌할 바를 모르고 멈칫하는 사이, 엉뚱한 목소리가 끼어들었다.

"얼굴값 하냐?"

민준서였다.

교실 문을 나가려던 이슬비가 팔짱을 딱 끼더니 민준서를 잡아먹을 듯이 노려봤다.

"어이구, 그렇게 노려보면 누가 무서워할 줄 알고?"

민준서는 일부러 빈정거리는 말씨를 썼다.

이슬비가 팔짱을 풀고 민준서를 향해 걸어갔다. 일촉즉발이었다. 민준서와 이슬비가, 그것도 수업 시간에 충돌하면 뒷감당을 할 수가 없다. 어쩌면 모든 책임을 내가 뒤집어쓸지도 모른다. '고래 싸움에 새우

등 터진다'는 속담이 떠올랐다. 나는 재빨리 일어났다. 그러고는 이슬비의 팔을 잡고 밖으로 끌어냈다. 이슬비는 나가지 않으려고 했지만, 내 힘에 이끌려 교실 밖으로 끌려 나왔다. 이슬비가 교실 밖으로 나오자 민준서가 깔깔거리며 웃었고, 다른 애들이 민준서를 대단하다고 치켜세우는 소리가 들렸다. 이슬비 입술이 파르르 떨렸다. 이대로 두면 또다시 일이 터질 듯해서 이슬비를 데리고 상담실로 갔다.

나는 이슬비에게 음료수를 하나 건네고 맞은편에 앉았다.

"웬만하면 애들이랑 같이 어울려 주면 안 될까? 학교 생활이잖아."

지시가 아니라 부탁이었다. 힘없는 사람이 힘센 사람에게 하는 부탁이었다. 내가 고른 말씨요 낱말이었지만, 그런 내 자신이 참 애처로웠다.

"그런 수준 낮고, 짜증 나는 애들이랑 같이 하기 싫어요."

"그래도 애들이랑 대충 맞춰 줘. 숙제도 해 오고. 체육대회도 동참하고."

"못 들으셨나 봐요?"

이슬비 말투가 아주 거슬렸다.

"뭘…… 못… 들… 어?"

무슨 말인지 몰라 더듬더듬 물었다.

"아! 짜증 나. 지금 가 봐야 하니까 일어날게요."

이슬비는 자리를 박차고 일어났다.

여느 때 같으면 그냥 참았을 텐데 그날따라 참기 힘들었다. 재벌 가문에 태어났다는 이유로 아무 곳에서나 버릇없이 구는 모습이 눈꼴셨다.

"지금은 수업 시간이야!"

목소리를 높이며, 나가려는 이슬비의 손목을 붙잡았다.

"아, 짜증 나게 정말!"

이슬비는 내 손을 뿌리쳤다.

이슬비 손목을 놓친 내 손은 허공에서 방황했고, 내 심장은 주체할 수 없는 화로 두방망이질했다. '선생님 말씀하시는데 버릇없이 뭐 하는 짓이야!' 하며 따끔하게 야단치고 싶었다. 물론 그럴 용기가 내게는 없었다. 나는 두방망이질하는 가슴을 애써 달랬다.

"체육대회는 그렇다 쳐도 숙제마저 안 내면 다른 학생들이 어떻게 보겠어."

나는 부드럽게 설득했다. 비겁했지만 어쩔 수 없었다.

"다른 학생들 눈은 그렇게 두려운 분이 학폭위 때는 왜 그랬어요? 아, 그런 더러운 부탁은 들어줘도 두렵지 않으시구나."

빈정거리는 말투가 심히 거슬렸지만 말투에 마음을 쓸 겨를은 없었다.

"뭐…… 뭐?"

심장이 다시 요동을 쳤다.

"그게…… 너… 무슨 말이야?"

이 애가 뭘 얼마나 알고 있는 걸까?

"학교운영위원회 부위원장에 돈깨나 있는 민준서 엄마, 거기에 학교 실권자인 교감한테 잘 보이면, 정교사라도 될 줄 알았어요?"

이 애는 모든 걸 알고 있다. 확실히 모든 비밀을 알고 있다. 어떻게 해야 되지? 이 애 할아버지가 이 학교 재단 이사장인데, 이 애가 알고 있다면 이사장도 알고 있지 않을까? 괜히 이슬비를 야단쳤다고 후회했지만 때는 늦었다.

이슬비는 돌처럼 굳어 버린 나를 내버려두고 상담실을 나가 버렸다. 이대로 이슬비가 가게 내버려두면 안 된다. 어떻게든 저 애 마음을 돌려놓아야 한다. 재단 이사장, 아니 이슬비 할아버지가 이 일을 알고 있는지도 확인해야 한다. 재빨리 이슬비 뒤를 쫓았다.

이슬비는 교실이나 정문이 아니라 상담실 옆에 있는 교감실로 바로 들어갔다. 문을 두드리지도 않고 확 밀고 들어갔고, 나도 얼떨결에 따라 들어갔다. 교감은 행정실장, 김팽석 현장 소장과 마주 앉아 있었다. 이슬비가 갑자기 들어가자 교감은 화들짝 놀라며 앞에 놓인 파란 서류철을 재빨리 덮었다. 식사 자리에서 봤던 그 서류철과 똑같은 서류철이었다.

"이슬비 학생, 수업 시간일 텐데, 여긴……."

이슬비는 거침없이 들어가더니 교감 앞에 놓인 서류철을 집어 들었다.

"아니, 그걸……."

교감 얼굴이 시뻘겋게 달아올랐다. 어찌할 바를 모르는 얼굴이었다. 그 앞에 있던 김팽석도 마찬가지였다. 그렇지만 행정실장 표정은 아무런 변화가 없었다.

이슬비는 파란 서류철을 잠깐 뒤적이더니 원래 놓였던 자리에 툭 하고 던져 버렸다. 교감은 재빨리 파란 서류철을 챙기더니 탁자 아래로 숨겼다.

"이건 그냥……."

교감은 서류에 관해서 뭔가 변명을 하려고 했지만, 김팽석은 얼굴이 일그러져서 전혀 다른 사람처럼 보였다.

"됐어요. 칫! 이딴 거는 관심도 없으니까."

그러면서 이슬비는 문 앞에 선 나를 보더니 다시 교감을 향했다.

"내가 숙제를 꼭 해야 되나요?"

교감은 나와 이슬비를 번갈아 보더니 무슨 일이 벌어졌는지 알아챈 듯했다. 역시 교감은 눈치가 굉장히 빨랐다.

"한 선생, 무슨 일 있었나?"

"아뇨. 그게. 슬비 학생이 수행 숙제를 안 내서……. 숙제를 안 내면 평가를 못 하니 숙제를 내기라도 하라고 말했더니……."

내 말은 심하게 떨려 나왔다.

"어허. 참! 한 선생은……."

교감은 재빨리 온화한 얼굴빛을 꾸며 냈다. 조금 전 빨갛게 달아오른 얼굴빛은 어느새 감쪽같이 사라지고 없었다.

"슬비 학생, 한 선생이 기간제 선생이라서 융통성이 없어요. 내가 알아서 잘 가르칠 테니까. 허허! 이 서류는 못 본 걸로……."

"됐어요. 그딴 거 관심도 없으니까. 귀찮게만 하지 마요."

이슬비는 몸을 획 돌리더니 내 옆을 지나서 교감실 밖으로 나가 버렸다.

이슬비가 나가자 교감이 나를 째려봤다.

"한 선생! 나중에 나 좀 봅시다."

교감은 정색을 하며 말하고는 손짓으로 빨리 나가라고 했다.

나는 머리를 숙여 인사를 하고, 교감실을 나온 뒤 조심스럽게 문을 닫았다. 교실로 돌아가려는데 중앙 현관 뒷문에 기댄 채 뒤편 계단을 보고 있는 이슬비가 눈에 들어왔다. 조금 기대어 서 있던 이슬비는 뒤로 나가더니 계단 쪽으로 갔다.

나는 재빨리 뒷문 쪽으로 갔다. 몸을 숨기고 이슬비가 무엇을 하는지 살폈다. 이슬비는 계단에서 작업을 하는 왕대현 씨에게 말을 걸었다.

"아저씨! 저 좀 잠깐 볼래요?"

"나 지금 작업 중인데."

"잠깐이면 돼요. 저 뒤에 가서 이야기 좀 해요."

"나 바쁜데……."

왕대현 씨는 부지런히 놀리던 손을 멈추고 사람 좋은 웃음을 지으며 이슬비를 봤다.

"저를 안 따라오면 후회할 거예요."

이슬비가 협박조로 말했다.

"뭐? 후회? 허, 내 참, 알았어요."

왕대현 씨는 빙그레 웃으며 손에 들고 있던 장비를 내려놓고 이슬비를 따라서 계단을 올라갔다. 몰래 따라가서 무슨 이야기를 하는지 엿듣고 싶었지만 들킬 가능성이 많았다. 이야기를 마치고 내려올 때까지 기다리려고 했지만 한동안 내려오지 않았다. 수업이 곧 끝날 시간이었기에 더 기다릴 수 없었다. 뒷문에서 몸을 막 돌렸는데 체육복을 입은 한 남학생이 인사를 했다.

"선생님. 안녕하세요."

손에는 공이 들려 있었는데, 몸을 왕대현 씨처럼 90도로 굽혀서 인사를 했다.

인사를 받아 줘야 하는데 정신이 없어서 제대로 응대하지 못했다. 나에게 인사를 한 남학생은 공을 들고 체육 비품실로 갔다. 그 남학생을 멍하니 바라보았다. 남학생은 체육 비품실에서 다시 나왔고, 내 앞을 지나면서 또다시 깍듯이 인사를 했다.

"안녕하세요."

이번에도 제대로 응대해 주지 못했다.

현관으로 나가는 남학생이 1학년 2반이고, 이름이 홍구⋯ 뭐였는데. 분명히 이름이 특이해서 기억하고 있었는데, 머리가 뒤죽박죽이 된 탓인지 몰라도 이름이 제대로 떠오르지 않았다. 남학생이 사라진 곳을 물끄러미 보는데 오현철 선생이 나타났다. 체육 수업을 끝내고 오는 모양이었다. 나와 눈이 마주치자 오현철 선생이 다짜고짜 나에게 부탁을 했다.

"한 선생, 내일 체육대회 때 우리 반 좀 맡아 줘요."

"네?"

"내가 전체 진행도 해야 하고. 이런저런 일도 많고. 알았죠?"

"……."

어처구니가 없어서 입이 떨어지지 않았다.

"그냥 대충 봐주면 돼요. 우리 반 애들은 다들 알아서 잘하니까."

"……."

"한 선생, 정말 고마워요."

오현철 선생은 자기가 부탁하면 내가 무조건 받아들여야 하는 줄 안다.

"아, 참! 재벌 손녀 있잖아요. 걔가 조금 버릇이 없어요. 시합도 안 하고 빠져서 나무랐더니, 도리어 짜증을 내고……. 어떻게 그렇게 버릇없이 키웠는지……."

오현철 선생은 대놓고 이슬비를 욕했다. 익히 알고 있기는 했지만 나한테 대놓고 말하기는 처음이었다. 뭐라고 대꾸해야 할지 종잡을 수 없었다. 일부러 더 자극한 뒤 험한 말이 나오면 녹음해서 교감에게 넘겨 볼까 하는 꿍꿍이도 들었다. 그리하면 재단 이사장이 노발대발해서 오현철 선생을 해고하지 않을까?

"걔가 조금 말썽이긴 한데, 걔는 그냥 없다고 쳐요. 그럼 속 편해요."

자기가 말해 놓고 자기가 답했다. 오현철 선생은 늘 이런 식이다. 다른 사람 말은 들을 줄을 모른다. 고집불통에 자기 내키는 대로 한다.

"내일 부탁해요."

오현철 선생은 자기 할 말만 하고 교무실로 사라져 버렸다.

바로 그때 수업이 끝나는 종이 울렸다. 그제야 1학년 1반 교실에 숙제를 그대로 두고 나온 게 생각났다. 1학년 1반 교실로 가는데 자꾸 이슬비가 마음에 걸렸다. 이슬비로 인해 내 인생이 꼬여 버릴 것 같은 불길한 예감이 들었다.

체육대회

최예서 ● 여학생

체육대회 날이었다. 반 애들끼리 맞춘 옷을 입고 집을 나섰다. 신나게 놀 생각을 하니 발걸음이 아주 가벼웠다. 들뜬 마음으로 학교 정문을 막 지나려는데 초조한 얼굴빛을 한 정경희가 나에게 말을 걸었다.

"예서야, 부탁인데, 나랑 같이 민준서 좀 만나 줄래?"

뜬금없는 부탁이었다.

"민준서를, 내가? 왜?"

"그럴 일이 있어. 혜린이에게 부탁했는데 혜린이는 체육대회 준비 때문에 바쁘다고 그냥 가 버렸어."

정경희의 말투에서 절실함이 묻어났다. 거절할까 하다가 도대체 왜 저렇게 절실하게 부탁을 하는지 알고 싶었다.

"무슨 일 때문에 그래?"

"내가… 아침에 동영상 한 편을 봤어. 사진도 몇 장. 그래서…….'

무슨 말인지 알아들을 수가 없어서 답답했다.

"그게 무슨 말이야?"

"부탁이야. 혼자 가면 어떤 일을 겪을지 몰라서 겁이 나. 그래서 너한테 부탁하는 거야. 제발!"

영문도 모를 일에 같이 가기는 싫었지만 '제발'이란 말에 마음이 움직였다. 정경희를 위하는 마음은 아니었다. '제발'이란 말까지 쓸 정도로 간절한 일이 무엇인지 궁금할 뿐이었다.

"아, 알았어."

나는 마지못해 따라가기로 했다.

내가 동의하자 정경희는 몹시 고마워하더니 곧바로 전화를 걸었다.

"뭐냐, 성추행범! 아침부터 짜증 나게."

휴대 전화 너머로 나오는 민준서의 목소리가 나에게도 그대로 들렸다.

"너, 나 좀 봐."

정경희가 대차게 나갔다.

"왜? 또 건드리시게? 나 무서워."

"안 오면 후회할 거야. 너, 진수용이랑 거짓으로 진술을 짜 맞췄지?"

진술을 짜 맞췄다는 말이 무슨 뜻인지 처음에는 헤아리지 못했지만 곧바로 본 뜻을 알아차렸다. 정경희와 민준서가 얽힌 사건에서 진수용이 제출한 진술서는 정경희를 가해자로 만드는 핵심 근거였다. 그로 인해 민준서는 잘못을 저지르고도 처벌을 받지 않았고, 정경희는 남학생을 성추행한 여학생으로 낙인찍혔다. 남자애들은 정경희만 보면 사타구니를 가리고 도망치는 장난을 자주 했다. 정경희로서는 치욕스런 일이었지만, 학폭위에서 쌍방 가해로 결론이 났기 때문에 변명할 수도 없었다.

"뭔 개소리야."

민준서는 거칠게 반응했지만 목소리가 몹시 떨렸다. 그 떨림이 나한테까지 전해졌다.

"진수용이랑 못된 짓을 꾸민 장소로 와. 어딘지는 잘 알지?"

정경희는 민준서가 어떻게 반응하든 흔들리지 않고 대차게 나갔다. 정경희에게 저렇게 굳센 면이 있는 줄은 미처 몰랐다.

"아, 아, 알았어."

민준서는 더듬거리며 승낙했다.

"혼자 와. 다른 애랑 같이 오면 그냥 확 터트려 버릴 테니까."

정경희는 전화를 끊더니 곧바로 학교 뒤편으로 향했다.

정경희는 학교 뒤편 느티나무가 있는 곳으로 갔고, 그곳에는 사색이 된 얼굴로 민준서가 기다리고 있었다. 민준서가 그 자리에 있다는 것은 정경희의 주장이 옳다는 강력한 증거였다. 그렇지 않다면 그 자리에 민준서가 올 수가 없기 때문이다.

"너, 이 자리에서 진수용이랑 거짓말 짜 맞췄지?"

정경희는 민준서를 보자마자 몰아붙였다.

"뭐, 뭐, 말이야?"

"솔직히 안 털어놓을 거야?"

"뭐… 뭘?"

"여긴 어떻게 알고 왔는데? 이 자리를 내가 말하지도 않았는데, 어떻게 알고 왔냐고?"

"그……그건……."

민준서는 어찌할 바를 몰랐다.

"이 자리에서 진수용한테 거짓 진술서를 쓰라고 했잖아. 그러면 박찬영, 배영진이랑 같이 지낼 수 있게 해 주겠다고 하면서. 그리고 진수용이 동의하니까 그 자리에서 진술서를 쓰게 하고, 곧바로 너희 엄마 차에 태워 아주 비싼 음식점으로 데리고 갔지? 그때 진수용이 쓴 진술서를 너희 엄마가 읽고는 너한테 더 유리하게 고치라고 시켰어. 내가 틀렸니?"

정경희는 바로 옆에서 지켜 본 듯이 이야기했고, 말투에서 강한 자신감이 풍겼다.

"네가…그걸… 어떻게?"

사람 얼굴이 그렇게 파랗게 질릴 수 있다는 사실을 그때 처음 알았다.

"변명도 못 하겠지? 내가 동영상이랑 사진 다 봤으니까."

민준서 반응은 정경희가 하는 말이 진실임을 증명해 주었다. 만약 그 동영상과 사진이 공개되면, 민준서는 어떻게 될까? 강제 전학을 가게 될까? 어쩌면 증거를 조작해서 상대편을 성추행범으로 몰았으니 법으로 처벌을 받을지도 모른다. 벌벌 떨던 민준서가 갑자기 정경희의 두 팔을 잡아 꼼짝하지 못하게 했다. 그러더니 정경희에게서 휴대 전화를 빼앗으려고 했다. 처음에는 영문을 몰라 거칠게 저항하던 정경희는 민준서가 무엇을 노리는지 알고 난 뒤에는 저항을 멈추고 민준서를 경멸하는 비웃음을 지었다.

"어차피 내 휴대 전화에는 없어. 누가 나에게 보여 줬으니까."

정경희 말을 듣고 민준서는 동작을 멈추고 뒤로 두어 걸음 물러났다.

"그게 누군데? 예서 너야?"

"뭔 개소리야."

나는 버럭 소리를 질렀다.

"예서는 아니야. 엉뚱한 사람 추궁하지 마! 너, 오늘 안으로 선생님께 이실직고해. 안 그러면 내가 직접 고발해 버릴 거야. 알았어?"

정경희는 최후통첩을 날리고 그 자리를 떴다. 나도 재빨리 정경희를 따라갔다. 계단을 내려가다가 잠깐 뒤돌아보니 계단 꼭대기에서 민준서가 퀭한 눈으로 우리를 보고 있었다.

계단을 내려와서 정경희에게 물었다.

"어떻게 된 거야? 동영상과 사진은 누가……."

"이슬비가 아침에 내게 보여 줬어."

이슬비란 이름에 나도 모르게 신음이 나왔다.

"이슬비가 나한테 민준서와 진수용이 저 자리에서 함께 모의하는 장면이 찍힌 동영상을 보여 줬어. 두 놈 목소리도 생생하게 다 들렸어. 민준서 엄마가 식당에서 진수용에게 진술서 쓰게 하는 사진도 보여 줬고. 그걸 보고 피가 거꾸로 치솟는 줄 알았어."

이슬비가 동영상도 찍고 사진도 다 찍었다는 말이다. 도대체 이슬비는 정체가 뭘까? 전학 오기 전에 벌어진 희진이 구타 사건도 알고 있었다. 이슬비를 떠올리니 그 차가운 인상에서 풍기는 사늘함이 두려움을 자아냈다.

그러다 궁금증이 일었다. 왜 이슬비가 그때는 가만히 있다가 오늘 아침에 갑자기 동영상과 사진을 정경희에게 보여 주었을까? 그때 동영상을 보여 줬으면 모든 진실이 드러나고 정경희가 이상한 애 취급받는 일도 생기지 않았을 텐데 말이다. 곰곰이 생각하다 어제 체육대회 준비를 할 때 벌어졌던 일이 떠올랐다. 민준서가 이슬비에게 '얼굴값 하냐'고 빈정거렸고, 이슬비는 매우 화를 냈다. 아무리 봐도 민준서는 북극마녀를 잘못 건드렸다. 여학생들이 다들 두려워하며 피하는 이슬비를 겁 없이 건드린 대가를 민준서는 톡톡히 치르게 될 것이다. 정경희가 펼치는 복수와 민준서가 당할 일들, 그리고 이슬비가 드러낼 무서움까지 모든 게 아주 흥미진진했다.

여느 때 같으면 이슬비에게 마음을 쓰지 않았을 텐데 궁금증 덕분에 체육대회를 하는 내내 이슬비를 주의 깊게 봤다. 이슬비는 툭하면 자리에서 사라졌다. 애들도 가끔 자리를 뜨기는 하지만 모두 반장이나 부반장에게 허락을 받고 움직였다. 이슬비는 허락도 받지 않고 툭하면 사라졌고, 사라져서는 한참 동안 돌아오지 않았다. 한번은 내가 화장실에 다녀오다가 오현철 선생님이 이슬비를 심하게 나무라는 모습도 보았다. 오현철 선생님은 체육과 관련한 일은 뭐든지 중요하게 여기는데 아무래도 이슬비가 체육대회에 소홀한 태도를 보이니 화가 많이 나신 모양이었다. 그럼에도 이슬비는 아랑곳하지 않았다. 아무리 봐도 이슬비는 정말 별종이었다.

12
립스틱 사건의 진실

임미혜 ● 여학생

"아빠, 오늘도 일 나가?"

"미안하다. 어쩔 수 없어. 체육관 마감 전기공사를 해야 하는데, 내일 다른 공사가 있어서 오늘 꼭 나가야 해."

"체육대회를 하면서 체육관도 임시로 쓴다는데, 아빠 일 안 나가면 안 돼? 애들이 아빠 얼굴을 볼까 봐 무섭단 말이야."

내 말이 아빠 마음을 찢어지게 한다는 걸 알면서도 어쩔 수 없었다. 아빠는 나를 무척 사랑하는데, 나를 위해서라면 무엇이든 하시는데, 나는 아빠를 부끄럽게 여기는 못된 딸이었다.

아빠는 괜찮은 척하며 내 어깨를 두드려 주고는 공구를 챙겨 아침 일찍 일하러 나갔고, 나는 등교 시간에 맞춰 집을 나섰다. 낡은 대문을 열고 나가는데 검은 승용차가 내 앞을 가로막았다. 낡은 골목길과는 전혀 어울리지 않는 고급차였다. 차를 피해서 가려는데 자동차 창문이 열렸다.

"야, 타!"

이슬비였다.

얼굴을 돌렸다.

"뭐 해? 빨리 안 타고."

이슬비가 다그쳤다.

그 자리에 가만히 있었다. 그때 반대쪽 자동차 문이 열리고 검은 양복에 검은 선글라스를 낀 여자가 내렸다. 그 여자는 강제로 나를 그 차에 태웠다. 어쩔 수 없이 이슬비 옆자리에 앉았다. 이슬비는 나를 본 척도 안 하고 앞만 보고 앉아 있었다. 몇 분쯤 달리던 차가 길가에 멈췄다.

"잠깐 기다려."

이슬비가 차에서 내렸다.

길가에는 정경희가 서 있었다. 이슬비는 정경희에게 몇 마디 건네더니 휴대 전화를 꺼내서 보여 줬다. 휴대 전화를 뚫어지게 보던 정경희 손이 부들부들 떨었다. 몹시 화가 난 듯 보였다. 이슬비는 몇 마디 더 건네더니 차로 돌아왔다. 이슬비가 돌아오자 차가 다시 움직였다. 차는 학교 정문 앞에 멈췄다. 등교하는 애들이 몇 명 보였다.

"얘랑 이야기하는 거 다른 애들 눈에 띄기 싫으니까 학교 뒤편으로 가."

이슬비가 요구하자 차가 다시 움직였다. 차는 체육관 공사장 뒤편에 멈춰 섰다.

"아가씨, 새 추적기입니다. 오늘부터는 이걸 차고 가셔야 합니다."

이슬비가 내리려고 하자 앞에 앉은 여자가 시계 같이 생긴 걸 이슬비에게 건넸다.

"내가 무슨 강아지야?"

"회장님 지시입니다."

"맨날 회장님 지시래. 알았어, 이리 줘."

이슬비는 손목에 시계를 찼다.

"뭐야, 옛날 거랑 똑같잖아. 아니구나! 단추가 하나 더 있네. 이 단추는 뭐야?"

"그걸 누르면 음성이 자동 송출됩니다. 위치는 예전 기계와 마찬가지로 자동으로 추적됩니다. 응급상황 단추 사용법은 아시죠? 누르면 바로 저희가 출동합니다."

"전화가 있는데 음성 송출 기능은 왜 덧붙여. 쓸데없이."

"전화를 못 하는 응급상황에서는 아주 유용합니다."

"맨날 응급상황이래. 내가 학교에서 응급상황에 처할 일이 뭐가 있다고."

"프리덤건설이……."

"프리덤건설이 그렇게 위험하면 체육관 공사 계약을 파기하고 직접 작은외삼촌 회사가 하라고 해. 작은외삼촌은 치열하게 경쟁하는 회사한테 체육관 공사를 계속 맡겨 놓고 맨날 나한테만 위험하대. 이 학교 다니는 나만 짜증 나게."

"그건 저희가 어떻게 할 수……."

"알았어. 알았어! 말해 봐야 내 입만 아프지. 이렇게 누르면 음성 송출이 된다는 거잖아."

"네, 그러시면 됩니다."

"어휴, 지겨워."

이슬비가 차 문을 박차고 내렸다.

"야! 안 내리고 뭐해? 네 차야?"

나는 화들짝 놀라서 얼른 내렸다.

이슬비는 쪽문으로 들어갔고, 나도 따라갔다. 이슬비가 재벌가 딸이라는 소문은 사실이었다. 더구나 학교 재단 소유자 딸이라니, 정말 놀라운 비밀이었다. 희진이가 끌려가 맞은 이야기를 어떻게 알아냈는지도 얼추 어림할 수 있었다. 검은 옷을 입은 여자와 남자는 영화에 나오는 첩보원이나 경호원처럼 보였고, 그런 사람들이라면 우리 같은 애들 비밀은 아주 쉽게 알아낼 수 있을 것 같았다. 그 사람들은 딱 봐도 엄청 무서운 분위기를 풍겼다. 저런 무서운 사람들에게 보호를 받는 이슬비는 건드리면 안 되는 상대였다.

"잠깐 앉아 봐."

이슬비는 나를 느티나무 아래 벤치에 앉혔다.

이슬비는 휴대 전화를 꺼내더니 사진을 몇 장 보여 주었다. 서희진

가방, 가방 안에 든 작은 파우치, 파우치 안에 든 립스틱 사진이 잇따라 나타났다. 립스틱은 진홍빛이고 끝이 뭉개져 있었다. 그리고 나타난 사진 정보에 찍힌 날은, 잊을래야 절대 잊을 수 없는 바로 그날이었다.

"사진에서 보이듯이 이 진홍색 립스틱은 서희진 가방에 들어 있던 거야. 끝이 뭉개진 게 아주 뚜렷하지! 그날 네 가방에서 나온 립스틱은 끝이 깔끔했어. 화장실 유리에 진하게 글씨를 쓰면 립스틱 끝이 이 사진처럼 뭉개져. 그러니까 글씨를 쓴 범인은 서희진이야. 그날 내가 본 모습도 그렇고. 그걸 쓸 사람은 서희진밖에 없어."

이슬비가 굳이 말해 주지 않아도 사진을 보는 순간 나도 알아차렸다. 이슬비는 그때 이미 알았다. 그런데 왜 그걸 이제야 말해 주는 걸까? 무척 서운했다.

"그때는…… 왜 말 안 했어?"

"왜 내가 말해야 돼? 내 일도 아닌데."

다 알고 있었으면서, 그때 네가 한마디만 해 줬더라면, 아니 그때 우리 아빠 이야기만 하지 않았더라도……. 서러운 눈물이 흐르려는 걸 꾹 참았다. 눈물을 참고 궁금한 점을 물었다.

"도대체 희진이가 왜?"

"정말 모르겠어?"

이슬비 입술 오른쪽이 올라갔다가 내려왔다. 나를 깔보는 표정이었다.

"서희진 뒤에 홍윤정과 한성미, 그 뒤에 박찬영과 배영진, 그리고 그 뒤에 민준서! 이래도 모르겠어?"

"그럼 설마?"

"설마는 무슨 설마니? 네 증언을 막으려고 민준서가 일을 꾸민 거야. 딱 봐도 뻔했는데 그것도 알아채지 못하고, 멍청하긴! 그러니까 왕따나 당하지."

이슬비 말투가 거슬렸지만 그 말투에 마음을 쓸 겨를은 없었다. 이 일을 꾸민 애들에 대한 분노가 치밀어 올랐다. 그렇지만 막막했다. 도대체 그 애들을 어떻게 한단 말인가? 우리 반에서, 아니 우리 학교 전체에서 가장 잘나가는 애들을 힘도 없는 나로서는 어떻게 해 볼 길이 없었다. 그리고 지금에 와서야 이슬비가 내게 이런 이야기를 해 주는지도 알 수 없었다. 그때 말해 주지, 도대체 왜 이제야 알려 주는 걸까? 그날 나에게 치명타를 입힌 원흉은 다름 아닌 이슬비였다. 이슬비가 한 말이야말로 내게 가장 큰 상처였다. 나에게 가장 큰 상처를 입힌 당사자가 다른 애들이 몰래 꾸민 음모를 나에게 알려 주는 의도가 뭘까? 아무리 봐도 그 의도가 순수해 보이지 않았다.

"나한테 뭘 원해?"

내가 물었다.

"뭘 원하냐고? 내 참, 내가 말해 줘야 아니? 복수를 해. 모든 모함을 뒤집을 무기를 손에 쥐었잖아. 걔들 다 박살내 버려. 널 함정에 빠뜨린 서희진부터 일을 꾸민 원흉인 민준서까지……."

갑자기 이슬비가 말을 멈췄다.

"칫, 그러고 보니 넌 아무것도 못 하겠구나!"

이슬비가 벤치에서 일어났다.

"바보같이 무기를 손에 쥐어 줘도 못 써."

그때였다.

"이봐, 학생!"

아빠 목소리였다.

"아빠!"

나는 깜짝 놀라 벌떡 일어났다.

"우리 딸은 바보가 아니야!"

아빠는 잔뜩 화가 난 상태였다. 얼굴이 붉으락푸르락했다. 이슬비가 손목에 손을 댔다. 위험을 알리는 발신기가 있는 곳이었다.

"아니야, 아빠! 슬비는 지금 나를 도와주고 있는 거야."

"슬비? 그 이슬비? 그럼 이 학생이 바로 그~!"

나는 말을 잇지 못했다. 내 침묵은 맞다는 대답이나 마찬가지였다. 아빠 얼굴에 더욱 강렬한 분노가 치밀어 올랐다. 이슬비는 잔뜩 경계하며 뒷걸음질했다. 여차하면 발신기를 눌러 버릴 태세였다. 이슬비가 발신기를 누르면 그 무서운 사람들이 득달같이 달려올 것이다. 그렇게 되면 아빠는 험한 꼴을 당할지도 모른다.

"아빠 괜찮아, 나 괜찮으니까, 그냥 가, 여기 학교야, 학교!"

내가 적극 말리자 아빠가 뒤로 한 걸음 물러났다.

이슬비도 뒤로 한 걸음 물러나더니 발신기에서 손을 뗐다.

"쳇, 도와주려고 했더니……. 알아서 해!"

이슬비는 빠른 걸음으로 가 버렸다.

"무슨 일이야? 뭐라고 해? 또 이상한 소리해?"

아빠가 다그쳐 물었다.

"아빠…, 그게…….''

내 목소리가 떨려 나왔다.

그때였다.

"어이! 임 씨, 뭐해. 빨리 일해야지!"

아빠를 부르는 소리가 들렸다.

"네! 갑니다."

아빠는 크게 대답하고 두 손으로 내 두 팔을 잡았다.

"너, 무슨 일 있으면 꼭 아빠한테 말해! 알았지?"

나는 고개를 세차게 끄덕였다.

아빠가 간 뒤에 나는 그 자리에 잠깐 멍하니 서 있었다. 뭘 어떻게 해야 할지 혼란스러웠다. 그때 계단 아래에서 올라오는 민준서가 보였다. 민준서, 립스틱 사건을 일으킨 주범이다. 맨날 야한 이야기만 하면서 경희에게 성추행을 당했다고 억지를 쓴 못된 놈이다. 욕이라도 한마디 해 주고 싶었지만, 당장은 그 자리를 피하는 게 좋겠다는 판단이 들었다. 재빨리 식당 뒤편으로 갔다. 식당 뒤편에는 아주 낡은 창고가 있었다. 학교에 이런 곳이 있는 줄은 처음 알았다. 일단 창고 뒤편으로 몸을 숨기고 민준서가 있는 곳을 살폈다.

민준서가 초조하게 누군가를 기다렸다. 조금 뒤 정경희와 최예서가 나타났다. 정경희라면 민준서를 끔찍하게 싫어하는데 왜 따로 만날까? 최예서는 왜 나타났지? 목소리가 들리면 무슨 일인지 알 수 있겠는데, 아무 소리가 들리지 않아서 답답했다. 한참 이야기를 하던 정경희와 최예서가 자리를 뜨자 민준서는 안절부절못하며 서성였다. 그러더니 휴대 전화로 문자를 보내는 듯했다. 통화도 꽤나 길게 했다. 통화를 마친 뒤에는 불안하게 둘레를 두리번거리더니 황급히 계단 쪽으로 사라졌다. 민준서가 사라진 뒤에도 나는 조금 더 기다렸다가 움직였다. 느티나무 아래를 지나 계단을 내려왔다. 중앙 뒷문으로 들어가려는데 입구에 정경희가 떡하니 서서 나를 노려보고 있었다. 워낙 눈빛이 무서워 마주 볼 수가 없었다. 나는 눈을 내리깔고 얼른 정경희를 지나쳐 갔다. 내가 교실로 들어가자 정경희가 따라 들어왔다.

한세민 선생님이 들어오셔서는 오늘 하루 동안 우리 반을 담당할 거라고 했다. 그러면서 휴대 전화를 내라고 했다. 얼른 휴대 전화를 냈다. 이슬비를 봤다. 이슬비는 휴대 전화를 내지 않았다. 이슬비는 늘 그랬다. 선생님들은 늘 이슬비를 예외로 대했다. 선생님들이 왜 이슬비를 어려워하는지 몰랐는데 이제는 확실히 알았다. 주혜린이 앞에 나와서 뭐라고 말했다. 애들이 우루루 몰려 나갔다. 나도 따라 나갔다. 정경희가 내 옆을 지나갔다. 빨리 벗어나려는데 그때 홍윤정이 정경희 팔을 잡았다.

"너, 잠깐 나 좀 보고 가."

홍윤정 얼굴이 심상치 않았다. 홍윤정 뒤에는 한성미도 있었다. 정경희는 그대로 남았다. 무서워서 얼른 운동장으로 뛰어나갔다. 운동장에 다들 모였는데 그 셋은 보이지 않았다. 홍윤정과 한성미가 정경희에게 무슨 말을 하고 있는지 무척 궁금했다. 마음이 온통 그쪽에 쏠려서 눈앞에서 무슨 일이 벌어지는지 몰랐다. 애들이 시끌벅적 떠드는 말도, 단상에서 오현철 선생님이 하시는 말씀도 들리지 않았다. 나는 이 많은 애들 가운데 외로이 홀로 떠 있는 섬 같았다. 계단에 앉아 있는데 한성미와 홍윤정이 나타났다. 그리고 1분쯤 지나서 정경희가 구겨진 얼굴로 나타났다. 정경희는 오자마자 내 어깨를 툭 치더니 나를 뒤로 불러냈다. 애들은 주혜린 지시에 맞춰 반 구호와 응원 동작을 연습하는 중이었다.

"야, 둘이 어디 가! 아, 진짜 동참 안 할래!"

주혜린이 소리를 질렀다.

"찐따들끼리 어울린다는데 내버려둬."

한성미가 말했다.

정경희는 그러거나 말거나 나를 끌고 큰 나무 뒤로 갔다.

"야, 네가 그랬냐?"

정경희가 다그쳤다.

"뭘? 내가 뭘?"

"또 너지?"

"……?"

도대체 한성미와 홍윤정한테 무슨 말을 듣고 와서 나를 이렇게 다그치는 걸까?

"너 툭하면 걔네들한테 일러바치잖아. 그렇게 당해 놓고 또 그런 거야? 없는 말도 막 지어내고."

그대로 있으면 또다시 나쁜 딱지가 하나 더 붙을 것 같았다.

"무슨 말이야? 도대체? 나 이제 고자질 같은 거 안 해."

"웃기고 있네. 뭐 이번에는, 내가 박찬영을 좋아한다고?"

"무슨 말이야? 난 안 그랬어."

"그럼 아침에 민준서 만나서 무슨 말을 했는데? 민준서 뒤를 쪼르르 따라왔잖아?"

'그럼 넌 민준서와 무슨 이야기를 했는데?' 하고 물어보려다 꾹 참았다. 그런 말을 했다가는 몰래 엿보는 염탐꾼으로 몰리기 십상이었다.

"난 안 만났어. 그냥 학교 뒤로 우연히 오다가 같이 오게 됐을 뿐이야."

"지금, 그 말을 믿으라고? 평소에 그쪽으로 다니지도 않으면서……."

"정말 민준서와 안 만났어!"

강하게 부정했다.

"내가 그 자식 가만 안 둘 거야. 너, 민준서랑 어울리기만 해 봐. 그냥 싸잡아서 죽여 버릴 거야."

정경희가 이를 갈면서 온몸으로 독기를 내뿜었다.

정말 무서웠다. 한성미나 홍윤정도 그런 무서운 독기를 내뿜은 적은 없었다. 그대로 있다가는 그 독기에 내가 숨이 막힐 듯했다. 어쩌면 내가 엉뚱한 표적으로 몰려서 당할 수도 있었다. 이대로 당할 수는 없었다. 나는 이슬비에게서 건네 들은 비밀을 써먹기로 했다.

"그 립스틱 글씨, 희진이가 쓴 거야."

"뭐?"

정경희 눈이 표독스럽게 빛났다.

"증거 있어?"

사실대로 이야기를 하려다 망설였다. 이슬비란 이름을 댔을 때 어떤 반응을 보일지 확신이 없었다.

"증거 있냐고?"

어차피 뒤로 물러설 수 없는 상황이었다.

"이슬비가 사진을 보여 줬어."

이슬비란 이름을 듣자 정경희 얼굴이 딱딱하게 굳어졌다.

"내가 너와 관련된 증언을 하는 걸 막으려고, 민준서가 뒤에서 애들을 조종해서 꾸며 낸 사건이었어."

정경희는 피가 날 정도로 입술을 깨물었다.

"모조리 날려 버릴 거야. 모조리!"

핏발 선 눈이 다시 독기를 뿜었다.

"너희들 뭐 하니? 뒤에서 뭐 해?"

한세민 선생님이었다.

체육관

심규상 ● 공사 현장 경비

오늘은 학생들이 체육관을 쓰기로 한 날이다. 내부 공사가 거의 다 끝나서 학생들이 쓰는 데 문제는 없지만 아무래도 아직 공사 중이라 이것저것 조심해야 한다. 어제, 마감 공사가 끝나지 않은 곳은 출입금지 표시를 하고, 완성된 공간은 문을 모두 잠갔다. 아침에 와서 다시 한번 제대로 조치를 했는지 확인했다. 현장 소장이 학생들 안내를 잘하고, 안전사고가 일어나지 않도록 철저히 대비하라고 지시했다.

학생들이 몰려들었다. 먼저 3학년들이 왔고, 그다음에는 2학년, 점심시간이 가까워질 때쯤에 1학년이 왔다. 1학년은 경기를 다 마무리하지 못한 탓에 체육관에서 점심을 먹기로 했다. 이미 예정된 일정이었기에 도시락 치울 곳을 미리 준비해 두었다.

"지금이 11시 50분이니까 점심 먹고 12시 30분에 지금 앉아 있는 곳으로 다시 모여."

오현철 선생이 학생들에게 마이크를 잡고 지시를 했다. 오현철 선생은 툭하면 공사장에 와서 이것저것 따지고, 사진 찍고, 간섭을 한다. 참 귀찮은 선생이다. 현장 소장이 늘 경계하고, 무슨 짓을 하는지 살피라고 주의를 준 선생이다.

"도시락은 깔끔하게 먹고 깨끗하게 정리해. 새 체육관이니 지저분하게 만들지 마. 그리고 점심시간에 체육관을 벗어나지 말도록! 밖을 돌아다니다 걸리면 가만 안 둘 줄 알아. 체육관 안에도 아직 공사가 안 된 곳은 출입금지 표시가 붙어 있으니까 들어가지 마. 그런 데 들어갔다가 걸려도 가만 안 둬! 12시 30분부터 오전에 마무리하지 못한 경기를 끝내고, 곧바로 운동장으로 이동할 거야. 알았냐?"

학생들은 우렁차게 대답을 한 다음 도시락을 먹으며 와자지껄 떠들었다. 학생들 가까운 곳에 머물며 학생들 움직임을 살펴야 해서 나도 도시락을 받았다. 도시락은 꽤나 질이 좋았다. 전기공사를 하는 인부 세 명에게도 도시락을 주었다. 오늘은 일하는 사람이 세 명뿐이라 같이 어울려서 도시락을 먹으려고 하는데, 임 씨는 도시락을 받자마자 어디론가 사라져 버렸다. 임 씨는 늘 혼자 지낸다. 일솜씨는 뛰어난데 사람들과 같이 어울릴 줄을 모른다.

"안녕하세요."

학교에서 일하는 왕 씨였다. 왕 씨는 일솜씨가 아주 좋다. 특히 전기를 아주 잘 다룬다. 왕 씨가 일하는 모습을 지켜본 현장 소장이 직접 채용하고 싶다고까지 할 정도였다. 사람이 얼굴은 험악해 보이지만 참착하다.

"식사는 했나?"

"아뇨, 일이 급해서."

"다들 밥 먹는데, 무슨 일?"

"오후 경기에 쓸 물품이 망가져서."

"점심인데 밥이라도 먹고 하지."

"끝나고 먹어야죠."

왕 씨는 꾸벅 절을 하고는 빠른 걸음으로 사라졌다.

도시락을 다 먹은 뒤 체육관 곳곳을 돌아보기로 했다. 체육관이 처음 공개된 날이기에 호기심에 끌려 엉뚱한 짓을 벌이는 학생이 있을지도 모른다. 만에 하나 사고라도 나면 골치 아파지기 때문에 철저하게 확인하는 게 좋다. 2층과 1층을 차례대로 살폈다. 별 문제가 없었다. 안전시설도 점검했는데 괜찮았다. 지하 1층으로 내려갔다. 체육관 지하 1층에는 방이 꽤나 많다. 다양한 동아리 모임이나 스포츠 활동을 할 수 있는 공간이다. 거의 모든 방이 공사가 끝나서 문을 잠가 두었다. 그래도 혹시 열린 문이 있을까 봐 하나씩 다시 점검을 했다. 지하 1층을 쭉 둘러보는데 가장 끝방에서 사람 말소리가 들렸다.

목소리 하나는 익숙하고, 하나는 낯설었다. 익숙한 목소리는 교감 선생님이었고, 익숙하지 않은 목소리는 여학생이었다. 교감 선생님은 공사 현장에 종종 와서 현장 소장을 만나고 갔기 때문에 목소리가 익숙하다. 그런데 교감 선생님이 점심시간에 여학생과 지하 1층 끝방에서 왜 몰래 만나는 걸까? 무언가 이상한 느낌에 사로잡혀서 그 방으로 조심스럽게 접근하는데 문이 벌컥 열렸다. 한 여학생이 밖으로 나왔는데 얼굴에서 찬 기운이 풍겼다. 가까이 가면 얼어 버릴 듯한 냉기였다.

"그딴 애, 다른 학교로 보내 버리라니까 말귀를 못 알아들어! 할아버지한테 확 다 일러바칠까 봐."

여학생은 방 쪽을 한 번 째려보더니 쌩하니 가 버렸다. 여학생이 사라지자 곧바로 교감 선생님이 곤혹스러운 표정을 지으며 방에서 나왔다.

"교감 선생님이 여긴……."

교감 선생님은 나를 보는 척도 안 하고 사라져 버렸다.

두 사람이 나온 방으로 들어가 봤다. 방 안에는 탁자와 의자 외에는 아무것도 없었다. 문을 살펴봤다. 별 이상이 없었다. 이 문을 어떻게 열었는지 모르겠다. 문을 잠그려고 잠금장치 단추를 누르는데 잠기지 않았다. 몇 번을 시도해도 똑같았다. 아무래도 고장인 듯했다. 소장한테 보고해야 하는데, 그러면 교감 선생님과 여학생을 봤다는 보고도 같이 해야 하기에 곤혹스러웠다.

위에서 함성이 들렸다. 시계를 봤다. 12시 30분이다. 경기가 다시 열릴 시간이었다. 서둘러 위로 올라갔다. 체육관은 학생들 응원 소리로 시끄러웠다. 체육관을 쭉 살피는데 한쪽 귀퉁이 응원석에 앉아 있는 왕 씨가 보였다. 지하 1층 고장 난 문이 떠올라서 왕 씨에게 갔다. 왕 씨가 문을 고치면, 굳이 소장한테 문이 고장 났다는 보고를 안 해도 되기 때문이다. 아무래도 교감 선생님을 봤다는 보고를 하기는 껄끄러웠다.

가까이 다가가는데 왕 씨는 내가 다가가는 줄도 몰랐다. 웃음기가 떠나지 않던 얼굴에 근심이 가득했다. 왕 씨는 운동하는 학생들이 아니라 응원석만 뚫어지게 보고 있었다.

"왕 씨, 여기서 뭐 해요?"

내가 말을 걸었다.

"아, 아저씨! 학생들 경기하는 거 구경하느라……."

왕 씨는 머리를 긁적거리며 어색하게 웃었다.

"오늘 더 할 일 없어요?"

"운동 물품 고치고, 지금은 별일이 없기는 한데……."

"혹시 문 잠금장치도 고칠 줄 알아요?"

"네, 뭐 큰 고장만 아니면……."

"잘됐네. 지하 1층 방문 하나가 고장이 났는데, 좀 고쳐 줄래요?"

왕 씨는 시계를 보고, 학생들 응원석을 힐끗 본 뒤 자리에서 일어났다.

"간단한 거면 제가 고쳐 보죠."

나는 왕 씨를 데리고 지하 1층 고장 난 문이 있는 방으로 갔다.

"흠. 누가 일부러 망가뜨렸는데……. 시간이 얼마나 걸릴지는 뜯어 봐야 알겠네요."

"정 안 되면 소장님께 말씀드리면 되니까 할 수 있는 만큼만 해요."

"제가 할 수 있는 데까지 해 볼게요."

그러면서 왕 씨는 자꾸 손목에 찬 시계를 확인했다.

"무슨 급한 일 있어요? 바쁘면 안 해도 되는데."

"아뇨, 그냥."

왕 씨 얼굴에서 약간 초조한 기색이 내비쳤다. 왕 씨는 잠금장치를 뜯어 내고는 자세히 살폈다. 왕 씨가 작업하는 모습을 잠깐 지켜보다가 위로 올라갔다. 1층으로 올라가니 학생들이 체육관 밖으로 나가고 있었다. 경기가 다 끝난 모양이었다. 학생들이 다 빠져나가고 체육관 안을 샅샅이 확인했다. 학생들은 한 명도 남아 있지 않았다. 체육관을 빠져나오려는데 오현철 선생이 보였다. 또다시 체육관 구석구석을 살피고 있었다. 정말 귀찮은 사람이다. 소장한테 전화로 보고했더니 그냥 두라고 지시했다.

오늘 나온 인부들이 작업을 제대로 하는지 살펴보려고 체육관 밖으로 나갔다. 인부 2명이 구석진 곳에서 외벽 전기공사를 하고 있었다.

"임 씨는 안 보이네?"

"여기는 저희 둘이 작업하고, 임 씨는 정비실 쪽에 있어요. 임 씨야 늘 혼자 일하기 좋아하잖아요."

"하긴 임 씨야 늘 두 사람 몫을 해내지."

"그 바람에 저희만 죽을 맛이에요."

"하하 참, 성실하고 재주가 뛰어나도 민폐야, 민폐!"

체육관 뒤편에 있는 정비실로 갔다. 거기서 임 씨가 혼자서 땀을 뻘뻘 흘리며 작업을 하고 있었다. 차량 출입문 쪽으로 갔다. 오늘은 공사 차량이 들어올 일이 없기 때문에 문을 닫아 두었는데, 제대로 잠겼는지 다시 확인했다. 체육관 정문 쪽을 한 번 더 살핀 뒤 공사에 쓰는 자재들이 놓인 빈터를 둘러보았다. 그때 한 여선생이 식당 뒤편에 있는 낡은 창고로 들어가는 모습이 보였다. 저 여선생이 낡은 창고로 들어가는 모습을 여러 번 보았다. 창고에 들어가서 한참 동안 안에 있다가 나오는데, 그 안에서 무엇을 하는지는 잘 모르겠다.

시계를 봤더니 1시 50분이었다. 갑자기 피곤이 몰려와 눈을 좀 붙이러 경비실로 갔다. 경비실 의자에 앉아 발을 책상에 올려놓고 알람을 3시에 맞췄다.

14
위험한 회의

한세민 ● 기간제 교사

　체육대회 때 반을 맡은 건 처음이라 걱정했는데 기우일 뿐이었다. 반장은 엉망이었는데 부반장인 주혜린이 아이들을 잘 통솔했고, 애들도 잘 따랐다. 이슬비는 제대로 동참하지 않았다. 허락받지 않고 중간중간 자리를 뜨기도 했다. 어차피 내가 어쩔 수 없는 일이기에 그냥 내버려두었다. 다른 애들도 이슬비는 건드리지 않았다.
　중간에 목이 말라서 휴게실에 들러 물을 한 잔 마시고 나오는데, 교감실에서 이슬비가 나왔다. 문 앞에 교감이 서 있었는데 표정이 좋지 않았다. 교감의 눈길을 피해 얼른 운동장으로 가려는데 교감이 손짓하며 들어오라고 했다. 교감실로 들어가 소파에 앉았다. 교감은 왼손으로 턱을 괴고 한참을 생각하더니 전화를 걸었다. 조금 뒤 행정실장이 들어왔다. 행정실장 손에는 파란 서류철이 들려 있었다. 조금 뒤 김팽석 현장 소장도 들어왔다. 또다시 같은 구성원이 모였다.

교감은 소파에 앉자마자 이슬비 이야기를 꺼냈다.

"조금 전 이슬비 학생이 나한테 아주 곤란한 요구를 하고 갔어요."

교감은 탁자를 오른손 집게손가락으로 톡톡 쳤다. 침묵 속에서 울리는 톡톡 소리가 긴장감을 높였다.

"민준서, 정경희 사건과 관련해서, 기존 학폭위 결정을 바꾸라는 요구를 했는데······."

교감은 다시 뜸을 들이며 집게손가락으로 탁자를 톡톡 쳤다.

"그게······, 민준서 학생을 강제 전학시키라는 거예요."

"강제 전학이요? 도대체 왜?"

깜짝 놀라서 내가 물었다.

"이슬비 학생 말로는 사건과 관련한 동영상과 사진이 있다고 하는데, 요구하는 대로 조치를 취하지 않으면 우리 비밀을 터트리겠다고 협박했어요."

"우리 비밀이라니 무슨 말입니까?"

김팽석 소장이 말했다.

교감은 행정실장이 들고 온 파란 서류철을 뚫어져라 쳐다봤다. 김팽석 소장은 교감이 바라보는 곳을 알아보고는 얼굴을 일그러뜨렸다.

"설마! 그때 이 서류를 잠깐 보고······."

"뜻밖에도 모조리 기억하고 있었습니다. 마치 사진을 찍은 듯이."

"잠깐만요 교감 선생님! 그때 겨우 몇 초 아니었나요? 전문가라고 해도 그렇게 잠깐 봐서는 뭔지 기억도 못 할 텐데…….."

"나도 의심스러워서 물어봤는데 정확했습니다. 비상한 기억력이었어요. 숫자뿐 아니라 한자로 된 글씨도 모조리! 심지어 비밀통장 번호까지…….."

김팽석 소장은 몸을 뒤로 확 젖히더니 입술을 깨물고, 눈살을 찌푸렸다.

"그뿐 아닙니다. 학폭위에서 진실을 감추고 정경희에게 죄를 뒤집어씌운 걸 폭로하겠다고 했어요. 학교에서 이 사건을 조작했다면서…….."

사건 조작이란 말에 머리가 멍해졌다. 이슬비가 그렇게 나오면 대책이 없다. 교감과 민준서 엄마가 동아줄인 줄 알고 잡았는데, 알고 보니 곧 끊어질 썩은 줄이었다.

"혹시 재단 이사장님께 말씀드렸답니까?"

좀처럼 입을 열지 않는 행정실장이 처음으로 입을 열었다. 감정이 전혀 느껴지지 않는 묵직한 저음이었다.

"분위기로 봐서는 아직 알리지 않은 듯해요. 그렇지만 조치를 빨리 취하지 않으면 알릴 기세였어요."

교감은 오른손으로 턱과 코와 귀를 만지고는 오른쪽 턱을 받쳤다. 어찌할 바를 모르는 기색이 역력했다.

"민준서를 강제 전학시키면 부위원장님이 가만히 있지 않을 텐데요."
행정실장이 무미건조하게 말했다.
"이래저래 우리가 참 곤란한 처지예요."
무거운 침묵이 교감실을 짓눌렀다. 나로서는 아무 말도 할 수 없었다.
"한 선생."
교감이 입을 열었다.
"학폭위에서 쌍방 책임으로 결론 내릴 때 선생님 증언이 매우 중요했어요. 그러니 책임지고 이슬비 학생을 만나서 설득해 봐요."
내 책임이 크니 알아서 잘해 보라는 지시였다. 여차하면 나한테 모든 책임을 뒤집어씌우겠다는 숨은 의도가 엿보였다. 내가 그날 했던 모든 진술은 따지고 보면 내게 굉장히 불리했다. 교감이 강제로 시키지도 않았다. 겉으로 보기에 순전히 내 의지로 한 행동처럼 보여 잘못하면 내가 모든 책임을 뒤집어쓸 판이었다.
"1학년 1반 휴대 전화 보관함에 가면 이슬비 학생 휴대 전화가 있을 테니 지금 빨리 가서 가져오세요."
행정실장이 내게 지시를 했다. 좋은 방법이었다. 그렇지만 이슬비는 아침에 휴대 전화를 내지 않았다. 아무도, 그 어떤 선생님도 그걸 강제로 요구할 수 없는 학생이었다.
"그게, 슬비는 휴대 전화를 안 내서⋯⋯."
내가 더듬거리며 대답했다.
"아니, 학생한테 휴대 전화도 걸지 않고 뭐 하는 겁니까? 한 선생은 규칙도 몰라요?"

교감이 버럭 역정을 냈다. 숙제를 안 내도 봐주라고 했던 교감이 이런 식으로 나오는 게 어처구니없었지만 내가 항변할 처지는 아니었다.

"한 선생은 빨리 가서 이슬비 학생 휴대 전화를 확인해 봐요. 도대체 그 안에 뭐가 들어 있는지 알아야 무슨 조치를 취하든지 말든지 하죠."

교감은 나를 재촉했고 나는 재빨리 일어났다.

"실장님은 교육청과 경찰서에 보고한 내용을 다시 검토하고, 그쪽에도 미리 조치를 취해 놓으세요."

"알겠습니다."

행정실장은 무표정한 얼굴로 대답했다.

"소장님도 최악으로 이 사태가 치달을 경우를 대비해서 비상대책을 세우시죠."

교감이 말했지만 김팽석 소장은 아무 말도 않고 얼굴을 찡그린 채 생각에 잠긴 모습이었다.

"이 문제는 조용히 해결해야 합니다. 잘못 꼬였다가는 우리 모두……, 한 선생은 안 나가고 뭐합니까?"

교감이 그대로 서 있는 나를 다그쳤다.

"아, 네, 죄송합니다."

나는 서둘러 문으로 갔다. 손잡이를 잡는 순간 문을 두드리는 소리가 들렸다. 행정실장은 손에 들고 있던 파란 서류철을 재빨리 탁자 아래로 감추었다.

"어머, 무슨 이야기를 그렇게 하세요?"

문이 열리며 나타난 사람은 민준서 엄마였다.

옷차림은 여전했다. 화려한 보석으로 치장하고 화려한 원피스와 명품 가방을 든 부잣집 사모님이 내 옆을 스쳐 지나갔다. 그 자리에 오래 머물면 더 곤란한 일이 생길 게 분명했기에 얼른 그 자리를 벗어났다.

운동장으로 나오니 1학년 학생들이 없었다. 모두 체육관으로 간 모양이었다. 재빨리 체육관으로 갔다. 체육관에 가자마자 응원석에 앉아 있는 이슬비를 따로 불러냈다.

"너, 휴대 전화 이리 내 봐."

"왜요? 싫은데요."

"여긴 학교야. 체육대회 때는 모두 휴대 전화를 제출하는 게 규칙이야. 너도 이 학교 학생이면 규칙을 지켜."

나는 단호하게 말했다.

이럴 때 밀리면 안 된다. 어쨌든 나는 선생이고, 이슬비는 학생이다.

"칫, 정의로운 척하기는……."

이슬비가 나를 비웃었다.

"뭐? 너 지금 선생님한테 무슨 말버릇이야?"

그 순간 정말 화가 나서 발끈했다.

"내 휴대 전화에 든 동영상과 사진이 궁금한 거면서 정의로운 척하지 마시라고요. 교감이 시켰어요? 그랬겠죠. 조금 전에 내가 교감을 만나고 왔으니. 아! 그 꼴통은 정말 재수없어. 교감 말 믿지 마요. 교감이 당신한테 모든 책임을 덮어씌워 버릴 수도 있으니까."

이슬비 말버릇은 갈수록 안하무인이었다. 하도 어처구니가 없어서 말이 나오지 않았다.

"날 어쩌려고 하지 말고, 당신들끼리 잘해 봐요."

더는 참을 수 없었다. 강제로 빼앗을 수밖에 없었다. 힘은 내가 더 세다.

"너, 휴대 전화 어딨어? 이리 내 봐. 도대체 그 안에 뭐가 있는 거야?"

나는 왼손으로 이슬비 어깨를 잡고 오른손으로 휴대 전화가 들어 있는 듯 보이는 볼록한 아랫주머니를 노렸다. 이슬비는 내 왼손을 세게 쳐내더니 뒤로 물러났다.

"한 번만 더 내 몸에 손을 대면 가만 안 둬요."

이슬비가 날카롭게 말하며, 왼손에 찬 시계에 손을 댔다. 가만히 보니 시계가 아니었다. 뭔지 모르지만 비상장치거나 호신용 기구 같아 보였다. 갑자기 몸에서 힘이 쭉 빠졌다.

"뭐, 보여 주기 싫으면 관 둬."

나는 힘없이 뒤로 물러났다.

이슬비는 무기력하게 힘이 빠진 나를 두고 애들이 있는 응원석으로 들어가 버렸다. 나는 멍하니 응원석 가장 뒤편에 앉아 있었다. 점심 도시락이 나왔지만 식욕이 없었다. 혼자 앉아서 몇 젓가락을 먹다가 그만두었다. 아무것도 보이지 않고, 아무것도 들리지 않았다. 임시로 만든 날개를 달고 하늘 높이 날아올랐다가 강렬한 햇볕에 날개를 잃고 깊은 나락으로 떨어지는 이카루스가 바로 나였다.

  오후 경기가 체육관에서 열릴 때도 나는 그냥 넋이 빠진 채 앉아 있었다. 체육관 경기가 끝나고 다들 운동장으로 이동하자 나도 멍하니 따라 움직였다. 전교생이 운동장에 모여서 마지막 전체 경기를 펼쳤고, 운동장은 함성으로 가득했다. 그렇지만 나는 그 자리에 있기 싫었다. 아니 견딜 수가 없었다. 쉬고 싶었다. 나만 홀로 있고 싶었다. 자리를 떴다. 내 발은 나도 모르게 은신처로 향했다.

학교에 나타난 경찰

최예서 ● 여학생

　전교생이 운동장에 모여 진행하는 단체 경기는 단상에 선 3학년 체육 선생님이 이끌었다. 경기 진행은 각 학년별, 반별 체육부장들이 담당했다. 전교생이 운동장에 모여서 하는 경기와 응원은 아주 즐겁고 뜨거웠다. 우리 반은 응원도, 시합도 모두 열심히 했다. 그런데 다른 반은 다들 담임 선생님과 같이 하는데 우리 반은 한세민 선생님도, 오현철 선생님도 안 보였다. 한세민 선생님은 오늘 하루는 우리 반 담임이라고 하더니 점심을 먹고 난 뒤부터 보이지 않았다. 없다고 해서 아쉽지는 않았다. 한세민 선생님은 있으나 없으나 마찬가지기 때문이다. 체육관에서 열심히 진행하던 오현철 선생님은 오후에는 단상에 모습을 드러내지 않았다. 그러다 단체전이 거의 끝나갈 때쯤에 씩씩거리며 나타났다. 조금 뒤에는 한세민 선생님이 초췌한 얼굴로 나타났다. 그때 검은 옷을 입은 두 사람이 얼핏 보였다 사라졌다. 눈에 띄는 옷차림이어서 자세히 살펴보려고 했는데, 다시 보려고 하니 사라지고 없었다.

단체전이 끝나고 시상식이 열렸다. 우리는 2반에 밀려 아쉽게도 종합 2등을 하고 말았다. 가장 공을 들인 응원도 2반에 밀려서 1등을 하지 못했다. 모든 시상이 끝나고 교장 선생님이 마지막 말씀을 하시려고 단상에 올랐다. 전교생이 학년별, 반별로 모여서 마지막 말씀을 듣기 위해 도열해 있었다. 교장 선생님 말씀이 짧게 끝나기를 바라며 기다리는데, 갑자기 경찰 사이렌 소리가 들렸다. 그러고는 수십 대나 되는 경찰차가 학교로 들이닥쳤다. 텔레비전에서나 보던 경찰 버스도 나타났다. 경찰 버스에서 제복을 입은 수많은 경찰들이 쏟아져 내렸다.

형사로 보이는 한 사람이 교장 선생님이 계시는 단상으로 올라가 귀엣말을 하더니 마이크를 잡았다.

"학생 여러분, 그리고 청남서중 교직원 여러분! 저는 청남경찰서 수사과 과장 강동철입니다. 지금 청남서중에서 아주 위급한 사건이 발생했습니다."

위급한 사건이란 말에 모두들 웅성거렸다.

"조용히 하십시오. 그리고 이 안에 계신 모든 교직원과 학생들은 그 자리에서 움직이지 마시기 바랍니다. 만약 제 지시를 따르지 않거나, 의심스러운 행동을 하면 바로 용의자로 지목될 수도 있다는 점을 알려 드립니다."

웅성거리던 애들은 일제히 입을 다물었다. 함부로 움직이기도 무서웠다.

"이것은 실제 상황입니다. 응급상황이어서 빠르게 수사를 진행해야 하니, 지시에 잘 따라 주시기 바랍니다. 각 반 담임 선생님은 학생들이 있는 곳으로 가서 학생들을 통제해 주시기 바랍니다."

단상 앞에 서 있던 각 반 담임 선생님들이 자기 반으로 이동했다. 그리고 각 선생님들과 함께 경찰 두 명이 동행했다. 그런데 우리 반에는 담당 경찰이 다섯 명이 왔다. 경찰 다섯 가운데 한 명은 어디서 본 듯했다. 어디서 봤는지는 떠오르지 않았다.

"1학년 1반 학생들, 그리고 담임 선생님께서는 학생들을 이끌고 제가 있는 단상 뒤쪽으로 이동해 주시기 바랍니다."

우리는 영문을 모른 채 지시대로 움직였다. 처음에는 우리가 1학년 1반이어서 가장 먼저 이동하는 줄 알았는데, 단상 뒤에 와서야 그게 아님을 알았다. 단상 뒤에 이를 때쯤 학교로 들어온 경찰 수는 더 늘었고, 체육관 쪽으로 이동하는 경찰도 엄청나게 많이 보였다. 학교 주변에서는 경찰 사이렌 소리가 계속해서 울렸다.

강동철 수사과장은 우리 앞으로 바짝 다가왔다.

"자, 긴장하지 말고 내 질문에 대답만 잘하면 빨리 끝나요. 혹시 학생들 가운데 이슬비 학생을 마지막으로 본 사람 있어요?"

이슬비를 보았냐는 질문을 받고서야 우리는 이슬비가 사라진 걸 알았다.

"점심시간에 봤어요."

누군가 말했다.

"그 뒤로 본 사람 없어요?"

"체육관에서 운동장으로 올 때도 같이 있었어요."

"그게 언제쯤이죠?"

"1시 40분경입니다."

"혹시 그 뒤로 이슬비 학생을 본 사람 없어요?"

아무도 대답이 없었다.

"추적기 위치가 움직이지 않은 시간과 거의 일치해."

강동철 과장이 우리 반을 담당하는 경찰들에게 말하는 소리가 들렸다.

그때였다.

"어, 경희가 없어요."

주혜린 목소리였다.

"뭐라고요?"

강동철 과장이 살짝 놀라며 되물었다.

"정경희가 없어요. 저희 반 여학생인데."

주혜린이 말했다.

"정경희! 정경희!"

오현철 선생님이 정경희를 여러 번 불렀지만 대답이 없었다. 이슬비와 정경희가 체육대회 도중 동시에 사라져 버렸다. 도대체 무슨 일이 벌어진 거지? 둘이 어디 같이 가서 숨어 있거나 도망치기라도 한 걸까?

"이슬비 학생 말고 다른 여학생도 실종되었다는 말인가요?"

실종이라는 말이 가슴을 '쾅' 하고 때렸다.

이슬비가 사라지고 안 보인다는 말을 들었을 때 나는 이슬비가 다른 데 가서 나타나지 않고 있다고 생각했다. 툭하면 혼자서 어디로 사라지는 애였기 때문이다. 그런데 경찰들은 이슬비가 실종되었다고 단정했다. 경찰이 그렇게 판단했다면 그만한 이유가 있을 것이다. 그리고 정경희가 사라졌는데, 단순히 사라졌다고 말하지 않고 곧바로 '실종'이란 말을 썼다. 이 정도로 많은 경찰이 왔다는 말은 무언가 심각한 일이 벌어졌다는 뜻이다. 덜컥 겁이 났다. 강동철 반장 입에서 나온 실종이란 말은 운동장 곳곳으로 빠르게 퍼져 나갔고, 두려움과 소란을 동시에 일으켰다.

"조용히 하세요!"

강동철 과장은 단상으로 올라가 마이크를 잡고 크게 소리쳤다.

그때 교문 쪽에서 소란이 일었다. 애들을 데리러 자동차를 몰고 온 부모님들이 경찰과 실랑이를 벌이면서 일어난 소란이었다. 경찰차 뒤로 부모님들 차와 노란색 학원 차량들이 뒤엉켜 상당한 혼란이 빚어졌다.

16 이상한 녀석

김동연 ● 형사

　새벽 2시에 겨우 일을 마무리하고 집에 들어갔는데, 새벽 5시에 긴급 사태가 벌어져 바로 출동했다. 점심도 김밥으로 때우면서 힘겹게 사건을 마무리하고 보호시설에 가출 청소년을 인계하고 나니 오후 3시 30분이었다. 주린 배를 채우러 식당으로 가려는데, 그때 청남서중으로 오라는 긴급출동 명령이 떨어졌다. 한시도 지체하지 말고 달려오라는 지시였다.
　청남서중 앞에 도착하니 경찰차와 버스가 엄청나게 밀집해 있었다. 내가 청남경찰서에 온 뒤로 이렇게 대규모 인력이 동원되기는 처음이었다. 다른 경찰서 인력도 곧 대규모로 지원을 온다고 했다. 그도 그럴 수밖에 없는 게 우리나라에서 손가락에 꼽히는 재벌 회장 손녀가 실종되었기 때문이다. 이름은 이슬비, 손목에 위치추적기를 달고 있는데 1시 40분경에 운동장으로 이동한 뒤, 1시 55분부터 발신기 움직임이 멈췄다고 했다. 이슬비에게는 전속 경호원이 2명 있는데 발신기가 움직임을 멈추자 처음에는 운동장에서 계속 머물러 있는 줄 알고 지켜봤다고 한다. 그런데 한 시간 동안 움직임이 보이지 않자 의심을 한 경호원이 학교로 들어와 발신기를 찾았고, 3시 5분에 1학년 1반이 모여 앉은 계단 바로 뒤 사철나무 속에서 발신기를 찾아냈다. 휴대 전화 위치 신호도 학교 안에서 마지막으로 잡힌 뒤 끊어졌다고 했다. 경호원들은 곧바로 재벌 회장에게 상황을 보고하고, 학교 곳곳을 뒤졌지만 이슬비는 보이지 않았다. 3시 30분, 경찰 중앙본청에서 긴급 명령이 내려왔고, 서장은 곧바로 가용한 병력을 거의 다 동원하라고 명령했다.

사건 개요를 듣고 가장 먼저 든 생각은 발신기 위치와 상태였다. 그곳은 학생들이 많이 모인 바로 뒤였다. 그곳에서는 어느 누구도 강제로 이슬비 손에서 추적기를 벗기고, 납치할 수 없다. 그렇다면 가능성은 하나밖에 없다. 이슬비가 스스로 추적기를 빼고 어디론가 숨었을 가능성이 높았다. 상식으로 판단하면 그게 옳았다. 내가 그런 의문을 제기했더니, 여성청소년과 과장님이 다른 이야기를 해 주었다.

"경호원들 말로는 이슬비에게는 돈이 전혀 없대. 몰래 빠져나갔다면 어딘가로 갈 목적이었을 테고, 그러려면 돈이 있어야 하는데 돈이 없으니 그럴 리가 없다는 거야."

그 설명을 듣고 어처구니가 없었다. 아무리 바짝 붙어서 경호를 한다고 해도 몰래 돈을 마련할 가능성은 얼마든지 있기 때문이다. 내가 그렇게 반문했더니 과장이 껄껄껄 웃었다.

"우리 김 형사도 이제 제법 머리가 돌아가네. 경호원들이 납치됐다고 판단하는 근거는 몇 가지가 더 있나 봐. 그걸 우리에게 밝히지는 않았어. 나도 김 형사랑 똑같은 의문이 들어서 서장님께 여쭤봤는데 서장님 말씀으로는 곧 알게 될 거래. 그쪽에서 내용을 정리한 뒤에 알려준다고 하니 일단 우리는 지시대로 움직일 수밖에 없어."

청남서중에 도착하자마자 형사과장이 단상에 올라가 일사분란하게 통제했다. 나는 1학년 1반을 맡았다. 내가 이 학교에 여러 번 와 보았기에 이슬비가 속한 반을 담당하게 된 것이다. 내 역할이 매우 중요했다. 학생들이 전하는 목격담은 경호원들을 통해 접한 정보와 일치했다.

그러던 중 갑자기 한 학생이 소리를 질렀다.

"경희가 없어요."

경희, 정경희란 이름이 꽤나 익숙했다. 그렇지만 정확히 기억나지는 않았다. 처음에 정경희란 이름이 나왔을 때는 단순히 그 자리에 없는 줄로만 알았다. 그런데 학교 곳곳을 수색해도 정경희 학생이 보이지 않았다. 밖으로 빠져나간 흔적도 없었다. 교실에는 본인 물건이 그대로 있었다. 머리가 복잡해졌다. 여중생 둘이 잇달아 실종되다니, 생각보다 복잡하고 위험한 사건일 수 있겠다는 판단이 들었다. 이슬비는 2시에서 3시 사이에 사라진 게 확실했다. 학생들 목격담을 종합하면 정경희는 점심시간 이후에 본 사람이 아무도 없었다. 곧바로 학교에서 연락처를 받아 정경희 엄마에게 연락을 했다. 목소리가 귀에 익었다. 분명히 들어 본 목소리인데 언제 들었는지 기억이 나지 않았다. 정경희 엄마가 확인해 보니 경희는 집에 오지 않았고, 등교 뒤에 연락을 따로 한 적도 없다고 했다.

"아무래도 따님이 실종된 것 같습니다."

이런 말을 할 때가 가장 가슴이 아프다. 청소년 사건을 담당하면서 이런 말은 절대 하고 싶지 않지만, 할 수밖에 없다. 휴대 전화 너머에서 정경희 엄마가 받은 충격이 고스란히 전해졌다.

"지금 학교에 임시수사본부를 차렸으니 빨리 이곳으로 오십시오."

그렇게 말하고 전화를 끊었다.

착잡했다. 어떻게 해야 할지 갈피를 잡을 수가 없었다. 운동장 곳곳에서 경찰들이 학생들을 대상으로 조사를 벌였다. 조금이라도 수상한 사람이나 상황을 목격한 것이 있는지 조사했다. 1학년 1반은 가장 많은 인원이 투입되어 조사가 진행되었다. 그런데 아무도 정경희에 대한 조사는 하지 않았다. 모든 조사는 이슬비에 맞춰져 진행되었다. 정경희 엄마와 전화를 끊고 심란해하는데, 말쑥한 정장을 입은 남자가 딱 봐도 경호원으로 보이는 세 사람을 데리고 나타났다. 그 남자는 형사과장에게 두툼한 종이를 건넸다. 그러고는 한참 동안 대화를 나누었다. 대화가 끝나자 갑자기 형사과장이 형사들을 불러 모은 뒤에 지시를 내렸다. 지시를 받은 형사들은 학교 건물, 체육관, 운동장으로 발 빠르게 움직였다.

내가 아는 동료 한 명이 1학년 1반 담임 선생님을 데려가려고 왔다.

"무슨 일이야?"

내가 물었다.

"나중에 알게 될 거야."

동료가 대답했다.

"오현철 선생님, 저를 따라오시죠."

동료는 학급 담임 선생님을 데리고 학교 건물 안으로 들어갔다.

영문을 모른 채 학생들을 대상으로 이슬비 목격담을 조사하는데 더 나오는 건 없었다. 그때 내 손에 쪽지 하나가 전달되었다.

1시 55분부터 3시 5분 사이, 다음 인물을 목격한 학생이 있는지 조사할 것

1. 허가영 : 교감
2. 오현철 : 1-1반 담임, 체육 교사
3. 한세민 : 사회 과목 기간제 교사
4. 권영근 : 행정실장
5. 김팽석 : 체육관 현장 소장
6. 왕대현 : 학교 정비실 직원
7. 임병호 : 체육관 노동자. 1학년 1반 임미혜 학생의 아빠

쪽지에 적힌 인물은 이슬비 납치 용의자였다. 그 용의자가 무엇을

근거로 추려졌는지는 알 수 없었다. 재벌 경호실이 무엇을 근거로 이들을 용의자로 지목했는지도 알 수 없었다. 근거가 궁금했지만 확인할 길이 없었다. 나는 지시를 이행하는 수밖에 없었다. 학생들에게 이들 네 사람을 보았는지 물었다. 다른 반과 학년에서도 같은 조사가 실시되었다. 중간 조사 결과, 희한하게도 이들 일곱 명을 그 시간에 목격한 학생이 아무도 없었다. 학생들과 늘 가까이 있어야 하는 한세민, 오현철 선생도 그 시간에 학생들과 같이 없었다. 도대체 무슨 일이 있었던 걸까? 설마 경호실은 이들이 2시에서 3시 사이에 모두 알리바이가 분명하지 않다는 사실을 이미 알고 있던 걸까? 만약 알았다면 도대체 그게 어떻게 가능했을까? 학교 전체를 속속들이 감시하고 있었던 걸까? 그럴 리가 없다. 그랬다면 이슬비가 사라진 걸 바로 알았을 테고, 이슬비가 사라지는 사건이 벌어지지도 않았을 것이다. 이 낡은 학교는 CCTV도 없다. 내가 학기 초에 학폭위에 참가하면서 CCTV를 학교 내에 꼭 설치해야 한다고 여러 번 강조했다. 그러나 학교 측은 예산이 모자란다고 했고, 결국 이런 비극이 벌어지고 말았다.

 중간 조사 결과를 무전으로 보고하고, 추가 조사를 진행하는데 정경희 엄마가 혼비백산이 된 채 나타났다. 교문을 통해 들어오는 모습을 보고서야 나는 정경희이란 이름이 기억났다. 바로 2학기 초에 열린 학폭위 사건에서 남학생 사타구니를 친 여학생이었다. 나는 정경희 엄마, 즉 허성숙 씨를 맞이하러 나갔다. 허성숙 씨도 내 얼굴을 알아보고 나에게 다가왔다. 내가 막 허성숙 씨를 맞으려고 할 때 새로운 목소리가 끼어들었다.

"어머, 형사님! 안녕하세요?"

운영위원회 부위원장인 김민주 여사였다.

내 마음은 허성숙 씨를 맞이하고 싶은데 김민주 여사가 내 손을 덥석 잡고 끼어들었기 때문에 어쩔 수 없이 김민주 여사와 이야기를 나눠야 했다. 넋이 나간 듯한 허성숙 씨 눈빛에 가슴이 참 아팠다.

"형사님, 저 아시죠?"

"아, 네. 부위원장님이시잖아요."

"제가 저기 계시는 학부모님들 대표로 들어왔는데요."

그러면서 김민주 여사는 교문 쪽에 서 있는 학부모들을 가리켰다. 내 눈은 교문 쪽으로 향했다가 돌아왔다. 김민주 여사 바로 뒤에는 허성숙 씨가 초조하게 기다리고 있었다. 두 사람이 겹쳐져서 눈에 들어왔다. 허성숙 씨와 김민주 여사는 모두 편안한 바지에 간편한 블라우스 차림이었다. 두 사람 옷차림은 얼핏 보기에는 닮았지만 풍기는 분위기는 아주 달랐다. 허성숙 씨 옷은 일을 하다 온 듯 흐트러져 있었지만, 김민주 여사 옷은 깔끔하고 정갈했다. 자식들이 처한 처지와 닮은 옷차림이어서 씁쓸했다.

"실종이란 말이 들리던데 무슨 일이죠? 그리고 애들을 언제까지 이렇게 잡아 두실 건가요?"

손이 잡힌 채 나누는 대화가 부담스러웠다.

"우리 준서도 그렇고, 다른 애들도 그렇고, 다들 학원에 가야 할 시간이 지났는데, 이렇게 학원도 못 가게 전교생을 모두 붙잡아 놓다니 너무하잖아요. 학부모들 불만이 아주 많아요."

조사를 진행하는 과정에서 학교 정문에서 일어나는 소란이 몇 차례 들리기는 했다.

"죄송하지만, 이건 제가 어쩔 수 없습니다. 윗선 지시라……."

"형사님이 윗선에 상황을 보고하시면 어떻게 안 될까요?"

"죄송합니다."

김민주 여사는 꼭 붙잡고 있던 내 손을 슬그머니 놓았다.

"그럼 높으신 분들을 만나려면 어떻게 해야 하죠?"

나는 눈으로 학교 건물 쪽을 가리켰다.

김민주 여사는 내 눈이 향하는 방향을 확인하자마자 나한테는 아무 말도 않고 빠르게 건물 쪽으로 가 버렸다. 그런 태도가 썩 기분 좋지는 않았다. 김민주 여사가 사라진 자리에는 걱정으로 어찌할 바를 모르는 허성숙 씨가 남아 있었다. 괜히 미안했다. 이슬비는 재벌가 손녀라고 모든 경찰력이 동원되어 찾고 있는데, 똑같이 실종되었음에도 정경희를 찾으려는 수사는 전혀 진행하고 있지 않기 때문이다. 윗분들은 두 사건이 관련 있다고 여기지도 않는 듯했다. 내 생각에는 아무래도 이슬비와 정경희가 시간차를 두고 사라진 것이 연관이 있어 보였다. 그 연관이 무엇인지 알 수 없지만 예감이 그랬다.

허성숙 씨는 말을 쉽게 꺼내지 못했다. 사라진 딸에 대한 걱정이 얼굴에 그대로 드러났다. 그런 허성숙 씨에게 지금 아무도 당신 딸을 찾기 위한 수사를 하고 있지 않다고 말할 수는 없었다. 걱정하지 말라고, 곧 찾을 수 있을 거라고 말했지만, 내 말은 위로가 되지 못했다. 나는 순경 한 명에게 허성숙 씨를 보살피라고 지시한 뒤 1학년 1반 학생들에게 갔다.

학생들에게 정경희에 대해 물어보았지만 점심시간 이후로 보이지 않는다는 사실 외에는 아무것도 알 수 없었다. 답답한 마음에 1학년 2반 학생들이 모여 있는 운동장으로 갔다. 운동회 내내 가까운 곳에 있었던 반이니 혹시라도 정경희를 본 목격자가 있을지도 모르기 때문이었다. 물에 빠져 지푸라기라도 잡는 심정이었다.

"너희들, 혹시 1반 정경희 학생을 점심시간 이후에 본 적 있어?"

아무도 답이 없었다.

"아니면 정경희 학생 실종과 관련해서 조금이라도 도움이 될 만한 일을 알고 있니? 정말 아무것도 몰라?"

여러 번 물었지만 아무도 대답이 없었다. 실망하고 1학년 3반으로 가려는데 갑자기 한 남학생이 벌떡 일어섰다.

"1반 애들이 아무런 말도 안 해요?"

"응, 아무도 점심시간 이후에 본 적이 없다고 하네."

"질문을 그렇게 하니까 모른다고 하죠."

"그게 무슨 말이야?"

"저와 같이 1반으로 가요. 경찰분들이 어련히 알아서 하실 것 같아 그냥 기다리려고 했는데, 전교생을 운동장에 대책 없이 붙잡아 두는 걸 보니 더는 못 기다리겠어요."

그 녀석은 내가 묻는 말에 답하지는 않고 경찰에 대한 불신만 드러냈다. 불쾌했지만 말에서 풍기는 자신감이 함부로 무시하지 못하게 만들었다.

"너, 뭐 알고 있니?"

"1반으로 가자니까요."

어떻게 해야 할지 결정하지 못하고 그 녀석을 보기만 했다.

"저와 같이 1반으로 가요. 그러면 정경희는 바로 찾을 수 있어요."

바로 정경희를 찾을 수 있다는 말에 하는 수 없이 그 녀석을 데리고 1반으로 가기로 했다.

"선생님, 다녀오겠습니다."

그 녀석은 담임 선생님께 깊이 허리를 숙여서 절을 하고 나를 따라왔다. 참 예의가 바랐다. 그렇게 예의바른 중학생은 보기 힘든데, 독특한 녀석이었다.

"형사님은 절 모르겠지만 전 형사님을 잘 알아요."

"나를 알아?"

"우리 학교에서 학폭위 열릴 때마다 오셨잖아요."

"그렇긴 한데, 나를 알다니, 참!"

말문이 막혔다.

"이슬비는 모르겠지만 정경희 실종은 형사님이 학폭위에서 제대로 일 처리를 못해서 벌어진 일이에요."

나는 단상을 몇 미터 앞에 두고 우뚝 멈춰 섰다. 학폭위에서 내가 일 처리를 제대로 못해서라니, 기분이 나빴다. 어린 녀석이 못 하는 말이 없었다.

"너, 그게 무슨 말이야? 내가 학폭위에서 일 처리를 잘못했다고?"

"쌍방 가해가 말이 된다고 생각하세요? 정경희와 민준서가 어떤 애인지 조금만 조사해 봤으면 바로 다 드러날 일을 쌍방 가해로 얼버무리고 넘어갔잖아요."

이 녀석 정체가 점점 더 궁금해졌다.

"그럼 쌍방 가해가 아니란 말이야?"

"당연하죠. 일단 정경희를 찾아야 하니까, 빨리 가요."

그 녀석은 1학년 1반이 모여 있는 곳으로 성큼성큼 걸어갔다.

"단상 뒤에서 이야기하면 집중이 잘 안 될 텐데, 빈 교실로 갈 수 없을까요?"

"교실은 안 돼. 출입금지령이 내려져서."

"좋아요. 그럼 조금 한적한 곳으로 애들을 이동시켜 줘요."

"알았어."

나는 1학년 1반 학생들을 중앙 현관 옆 정원 쪽으로 이동시켰다. 아주 아름다운 정원이었다. 이런 일로 오지 않았다면 머물며 푹 쉬고 싶은 곳이었다. 학생들이 정원에 모여 앉자 홍구산이 그 앞에 우뚝 섰다.

"나는 1학년 2반 홍구산이야. 아는 사람은 다 알지? 이제부터 내가 정경희와 관련해서 몇 가지 이야기를 할 텐데, 혹시 내 말이 사실과 다른 게 있으면 말해 줘."

학생들이 웅성거렸다.

"여러분! 조용히 홍구산 학생이 하는 말에 협주해 주세요."

내가 말하자 학생들이 조용해졌다.

"이 사건이 벌어진 뿌리를 찾아보면 한성미가 나와. 아 참, 형사님은 이름과 얼굴이 잘 연결되지 않을 테니 내 입에서 이름이 나온 사람은 앞으로 나와. 한성미!"

"한성미 학생이 누구죠?"

눈이 아주 큰 여학생이 일어나 앞으로 나왔다.

"학기 초에 피구를 하다가 한성미가 임미혜를 거짓말쟁이로 몰아갔고, 같은 편이었던 여학생들은 뻔히 한성미가 거짓말을 하는 줄 알면서도 다들 침묵했어. 임미혜! 내 말이 맞지?"

아주 소심해 보이는 여학생이 일어나더니 주위 눈치를 살피고는 고개를 끄덕였다.

"임미혜는 왕따를 당했고, 왕따에서 벗어나려던 임미혜는 서희진이 이은호를 좋아한다는 말을 한성미에게 전해. 한성미는 이은호를 좋아하고 있었기에 서희진이 이은호를 좋아한다는 말을 듣고 발끈했고, 결국 서희진을 홍윤정과 함께 끌고 모처로 가서 몇 시간 동안 감금하고 괴롭혔어. 서희진! 내 말이 맞지?"

긴 머리에 겁을 잔뜩 집어먹은 여학생이 일어났다. 서희진은 아무 말도 하지 않았지만 겉으로 드러나는 모든 몸짓은 홍구산이 하는 말이 옳다고 증언하고 있었다.

"홍윤정, 넌 왜 가만히 앉아 있냐? 이름이 나오면 나오란 소리 잊었어!"

홍구산이 매섭게 쏘아붙였고 키가 크고 인상이 강한 여학생이 쭈뼛거리며 일어났다. 처음에는 투덜거리거나 불만을 표하던 학생들은 홍구산이 내뿜는 카리스마에 눌려서 쥐 죽은 듯이 조용하게 있었다.

"2학기 초, 우리 모두가 잘 알고 있는 민준서 성추행 사건이 벌어져. 야, 민준서! 안 일어나고 뭐 하냐? 이 모든 게 너 때문에 벌어졌는데, 빨리 이실직고하지?"

"뭐래? 저 관종이."

민준서는 일어나지 않고 제자리에 앉아서 홍구산에게 대들었다.

"어쭈! 이 상황이 돼서도 버틴다 이거지? 이쯤 되면 내가 네 비밀을 다 알고 있다는 생각이 들지 않아? 허세 그만 부리고 빨리 이실직고하지?"

홍구산은 눈 하나 깜짝 안 하고 민준서를 몰아붙였다.

"민준서 학생, 일어나서 이리 나와요."

내가 지시하자 민준서가 투덜거리며 일어났다. 자리에서 일어나기는 했지만 얼굴에 불만이 가득한 채 앞으로 나오지 않았다.

"그렇게 나온다 이거지? 야, 진수용! 너 일어나 봐."

홍구산이 손가락으로 삐쩍 마른 한 남학생을 가리켰다. 진수용이라면 민준서에게 유리한 진술서를 쓴 그 학생이었다.

"너, 진술서 조작했지?"

홍구산은 다짜고짜 물었고, 그 질문을 받은 진수용 얼굴이 시뻘겋게 달아올랐다.

"요즘에 배영진, 박찬영과 어울리니 좋냐? 거짓 진술서 쓰고 힘센 녀석들과 노니까 마음이 편해? 나는 네가 초등학교 5학년 때 심하게 왕따 당한 거 알아. 그리고 힘센 친구 덕분에 6학년 때는 왕따에서 벗어난 것도 알고. 그래서 중학생이 된 뒤에 왕따 당하기 싫어서 강한 친구를 두고 싶어 했던 마음은 이해해. 그렇다고 거짓 진술을 해 주고 힘센 녀석들에게 빌붙어 지내는 짓은 결코 정당하지 않아. 거짓말로 남을 모략하고 편하게 지내니까 아주 좋냐?"

홍구산은 진수용 약점을 대놓고 찔러 버렸고, 진수용은 부들부들 떨며 어찌할 바를 몰랐다. 진수용이 보이는 반응은 홍구산이 하는 말이 모두 맞다는 반증이었다. 진술서를 보면서 들었던 의구심이 기억났다. 6월 어느 날 청소 시간에 벌어진 일을 마치 몇 시간 전에 본 듯이 자세하게, 그것도 어른들이 쓸 법한 어려운 어휘를 사용한 진술서가 약간 의심스럽기는 했다. 그때 그걸 제대로 파고들지 않고 넘어간 게 큰 실수였다. 홍구산이 한 지적이 타당했다. 내가 학폭위에서 내린 결론은 잘못이었다. 그런데 이게 정경희 실종과 무슨 상관이 있는 걸까?

"민준서와 진수용이 진술을 조작했어. 그런데 모든 걸 본 진짜 목격자가 있었지. 그 순간을 아주 뚜렷하게 기억하는 진짜 목격자, 그렇지 임미혜? 너는 6월 그날 청소 시간에 정경희와 민준서 사이에서 어떤 일이 벌어졌는지 잘 알지?"

임미혜는 대답은 않고 고개를 푹 숙인 채 가만히 서 있었다.

"뭐, 말 안 해도 돼. 어차피 내가 다 아니까. 민준서는 임미혜가 6월 그날을 정확히 기억해 낸 걸 알았어. 임미혜가 조심성 없게 쉬는 시간에 말해 버렸거든. 임미혜는 점심시간에 정경희를 만났고, 제대로 진술해 달라는 부탁까지 받아. 아마 임미혜는 점심시간에 선생님에게, 당시 임시 담임인 한세민 선생님께 말씀드리려고 했을 거야."

한세민이라면 그때 학폭위에서 담임이라고 했던 선생님이다. 그때 담임이 맞냐고 물었을 때 주저하더니, 임시 담임이었기 때문에 그랬던 것이다. 머뭇거리며 답했을 때 파고들어야 했는데, 그때 내가 한 선택이 후회되었다. 선생님이 학폭위에서 거짓 증언을 하다니, 반드시 나중에 책임을 물어야겠다.

"그런데 바로 그때 립스틱 사건이 터져. 화장실에 진홍빛 립스틱으로 정경희와 임미혜를 엮은 낙서 사건이었지. 그때 임미혜는 낙서를 하고 립스틱을 훔친 범인으로 몰려. 가방에서 립스틱도 발견되지. 궁지에 몰린 임미혜는 상황을 가장 잘 아는 이슬비에게 구해 달라고 손을 내밀었지만, 이슬비는 '학교 공사장에서 일하는 인부 딸 주제에 누구 몸을 만지냐' 하고는 매정하게 뿌리치지. 립스틱을 훔친 도둑, 레즈비언, 공사장 인부의 딸이라는 3중 낙인은 임미혜를 철저한 왕따로 만들어 버리지. 너희들도 거의 대부분 진실을 알고 있었어. 임미혜는 립스틱을 훔치지 않았고, 낙서를 스스로 쓰지도 않았다는 걸 말이야. 물론 레즈비언도 아니지. 공사장 인부 딸이면 뭐가 어떻다는 거야? 그러니까 너희들은 모두 임미혜에게 폭력을 가한 공범이야. 못된 짓을 서로 눈감아 주고, 괴롭히고, 거짓인 줄 알면서도 자기가 당하지 않으려고 괴롭힌 공범들!"

홍구산은 학생들을 매섭게 질타했고, 학생들은 숨마저 함부로 내뱉지 못했다.

"립스틱 사건은 민준서에서 출발해서 박찬영에서 홍윤정으로, 그리고 서희진이 실행하고, 다시 홍윤정과 한성미가 임미혜를 몰아붙이는 식으로 진행돼. 그렇지 박찬영? 너와 사귀는 홍윤정한테 임미혜 입 막아 달라고 부탁했지?"

지목을 당한 박찬영은 아무 말도 못 하고 가만히 있었다.

"침묵은 동의로 받아들일게. 이제 시급한 문제로 넘어가자고. 오늘 정경희는 어떻게 된 걸까? 이제까지 말한 사건은 내가 정확히 알고 있는 사실이지만, 앞으로 말할 내용은 추리야. 중간에 추리가 사실과 다른 점이 간혹 있겠지만, 결론은 달라지지 않을 거야."

드디어 홍구산은 내가 궁금해하는 결론으로 넘어가고 있었다.

"오늘 아침, 정경희에게 어떤 일이 생겼어. 정경희가 어떻게 알게 됐는지 모르지만 진수용이 진술을 조작한 걸 안 거야. 내가 알고 있으니 다른 누군가도 알았을 가능성이 있지. 그 누군가가 정경희에게 진실을 알렸고, 정경희는 민준서에게 이 모든 걸 폭로해 버릴 거라고 따졌을 거야. 정경희가 그동안 보여 준 태도로 보건대, 아마 민준서에게 스스로 밝히라고 했을 거야. 어쩌면 정경희는 진술 조작은 알지만 진술이 조작됐다는 증거를 손에 넣지 못했을 수도 있어. 그래서 민준서를 말로 협박하고, 스스로 밝히라고 요구했겠지. 민준서 내 말이 맞지? 정경희한테 스스로 밝히라는 말 들었지?"

민준서는 표정이 심하게 일그러졌고, 두 손을 부들부들 떨었다.

"굳이 말로 대답 안 해도 돼. 네 온몸이 대답을 대신하고 있으니까. 몸은 말보다 훨씬 정직하거든."

그때였다.

"그 말……, 다 맞아."

최예서 학생이었다.

홍구산에게 향하던 시선이 최예서에게 모아졌다.

최예서 학생은 입술을 지그시 깨물더니 입을 열었다.

"아침에 경희가 나한테 민준서를 같이 만나러 가자고 했어. 경희한테 부탁받고 같이 학교 뒤 느티나무 아래서 민준서를 만났는데, 그때 경희는 마치 모든 장면을 본 것처럼 민준서와 진수용이 진술을 조작하고, 심지어 민준서 엄마가 진술서를 더 자세히 고쳐 준 걸 안다고 했어. 그러고서 홍구산 네 말처럼 경희는 민준서에게 스스로 밝히지 않으면 터트릴 테니 이실직고하라고 했고."

"최예서 학생, 그게 사실이야?"

나는 깜짝 놀란 나머지 큰 소리로 다그치며 묻고 말았다. 정말 놀라웠다. 민준서가 진수용과 진술을 조작한 것도 놀랍고, 김민주 여사가 그 조작에 가담했다는 것도 놀라웠다. 무엇보다 그 모든 걸 마치 옆에서 지켜본 듯이 추리해 내는 홍구산이 더욱 놀라웠다.

"경희 말로는 이슬비가 동영상과 사진을 보여 줬다고 했어요. 민준서와 진수용이 서로 진술을 짜 맞추며 나눈 대화까지 녹음되어 있다고."

"뭐, 이슬비가?"

역시 두 실종 사건이 연결되었을지도 모른다는 내 예상이 맞았다. 그렇다면 민준서가 정경희를 납치하고 이슬비마저 납치했을 가능성이 있다. 어린 학생이 어떻게 그런 무서운 짓을 할 수 있단 말인가?

"민준서 학생! 너, 설마, 이슬비도 납치했어?"

나는 민준서 앞으로 바짝 다가가 다그쳤다. 민준서는 겁을 집어먹고 뒷걸음질했다.

"저기요, 김 형사님! 너무 나가지 마세요. 그럴 리 없으니까."

홍구산이 나를 말렸다.

"최예서, 이야기해 줘서 고맙고, 용기를 내 준 건 더욱 고마워."

홍구산이 최예서를 따뜻하게 보며 말했다.

아무리 봐도 홍구산은 여간내기가 아니었다. 나는 민준서를 다그치려던 마음을 일단 눌렀다.

"이제 모두들 사건이 대충 어떻게 됐는지 알겠지? 민준서는 진실을 밝히기보다 은폐를 택하기로 했어. 두려웠겠지. 학교에서야 그냥 쪽팔리고 징계받으면 그만이지만, 엄마 얼굴에 먹칠한 뒤에 오는 후폭풍은

감당할 수 없거든. '우리 준서', '우리 준서' 하며 애지중지하는 엄마에게 야한 이야기로 여자애들을 성희롱하는 것이 알려지고, 몰래 사건을 꾸민 아들이라는 진실까지 드러나면 엄마가 어떻게 반응할지 두려웠겠지. 두려움이 일면 피하고 싶어져. 어떻게든 두려움에서 도망치고 싶지. 그때 임미혜 입을 다물게 한 성공 경험, 서희진이 한성미에게 폭행을 당하고 입도 뻥긋 못했던 사건이 떠올랐을 거야. 그러고는 스스로는 기발하다고 생각한 작전이 떠올랐을 거야. 그게 뭔지 모르지만, 그 작전은 민준서 네 처지에서 보면 성공했고, 결국 정경희는 지금 모처에서 감금된 상태가 된 거지."

민준서는 고개를 푹 숙이고 얼굴을 감싼 채 꿈쩍도 하지 않았다.

"어쩌면 네 작전은 성공으로 끝났을지도 몰라. 그런데 재수없게도 재벌가 손녀인 이슬비가 실종되는 사건이 겹쳐서 일어났고, 경찰이 출동하게 되었지. 지금 속으로는 정말 재수없다고 생각하고 있지?"

홍구산은 민준서를 노려보았다.

"넌, 지금 재수없다고 생각할 게 아니라, 네가 한 잘못과 죄를 어떻게 하면 책임질 수 있을지를 생각해야 해."

홍구산은 그 어떤 선생보다, 그 어떤 경찰보다 민준서를 가혹하게 다뤘다.

"자, 나는 민준서가 어떤 수를 썼는지는 몰라. 아무튼 민준서는 뭔지 모를 작전을 짰고, 그 작전을 실행한 범인들은 바로 이 앞에 서 있지."

홍구산은 앞에 선 학생들을 쭉 훑어보았다.

"왜 이번에는 남자애들까지 끼게 됐을까? 정경희는 서희진이 아니기 때문이지. 서희진은 홍윤정과 한성미에게 반항도 못하고 끌려갔지만, 정경희는 절대 그럴 기질이 아니거든. 더구나 아침에 드러난 진실을 접하고 분노에 찼다면 만만하게 당하지 않았을 거야. 반항하는 정경희를 끌고 가려면 누군가 물리력으로 제압해야 돼. 아마 점심시간이었겠지. 힘센 남자애들이 힘으로 제압한 뒤에 체육관 뒤편 재개발단지 폐허가 된 모처로 끌고 갔을 거야."

홍구산이 말한 두 사람이 누군지는 바로 알 수 있었다.

"거짓말이야!"

박찬영이었다.

"어떻게 우리가 납치를 해. 그런 건 다 큰 어른들이나 저지르는 짓이야."

박찬영은 거칠게 홍구산에게 대들었다.

"내 말이 거짓말인지 아닌지는 정경희를 찾고 나면 알게 되겠지만, 네가 그렇게 반박하니까 왜 어른이 아닌지만 설명해 줄게."

홍구산은 아주 여유로웠다. 그 놀라운 여유에 나도 모르게 위압감이 들었다. 겨우 열네 살밖에 안 된 청소년에게 형사인 내가 위압감을 느끼다니, 내 감정에 스스로 화들짝 놀랐다.

"만약 정경희를 어른이 납치했다면 용의자는 딱 한 명이야. 일단 학교 밖에서 납치범이 들어왔을 가능성은 희박해. 체육대회가 열려서 건물 바깥에 학생들이 넘쳐나고, 공사장에서 작업하는 사람들도 오가는데 학생을 납치하려고 학교 안까지 들어오는 배짱 두둑한 범죄자는 없어. 학생을 납치하려면 남들 눈에 띄지 않는 학교 밖에서 하지, 학교 안에서 하지는 않아. 그렇다면 납치범은 학교 안에 있는 어른들 가운데 있다는 소리인데, 정경희를 납치할 동기가 있는 사람은 딱 한 명밖에 없어. 바로 임미혜 아빠지."

"우리 아빠는 그런 분이 아니야."

임미혜가 갑자기 소리를 질렀다.

"아! 나도 동의해. 박찬영 말을 반박하려고 하는 말이니 잠깐만 기다려. 임미혜 아빠에게 납치 동기가 있으려면 전제 조건이 필요한데, 임미혜가 아빠에게 립스틱 사건과 얽힌 사연을 모두 이야기해야만 돼. 그거야 나로서는 알 수 없어. 아무튼 임미혜가 아빠에게 말했다고 가정을 해 보자고. 그럼 임미혜 아빠는 누구를 가장 미워할까? 정경희일까, 아니면 이슬비일까? 임미혜 아빠로서는 정경희를 미워할 수는 있지만 납치할 만한 동기는 안 돼. 하지만 이슬비는 다르지. 만약 임미혜 아빠가 납치를 했다면 그 대상은 이슬비지, 정경희가 아니야."

"아빠는 그럴 분이 아니라고."

임미혜가 발악하듯이 소리를 질렀다. 운동장 전체에 울릴 지경이었다. 그러고는 임미혜는 폭포수처럼 말을 쏟아 냈다.

"나도 아침에 민준서가 경희랑 예서와 만나는 모습을 봤어. 멀리서 봤는데 무슨 말을 하는지는 들리지 않았어. 이슬비는 나한테도 립스틱 사건이 조작됐다는 증거 사진을 보여 줬어. 그리고 아침에 경희가 윤정이랑 성미한테 붙들리고 난 뒤 나한테 와서 '박찬영을 좋아한다는 말을 꾸며서 또 일러바치지 않았냐?' 하고 나를 다그쳤어. 분명히 민준서가 꾸며 낸 거야. 민준서가 윤정이한테 그 거짓말을 만들어 낸 거라고."

말을 다 마치고 임미혜는 숨을 헐떡거렸다.

"오, 그런 일이 있었구나! 그럼 뭐 명백하네. 민준서가 홍윤정한테 거짓말을 했네. 한성미는 서희진이 이은호를 좋아한다는 말만 듣고도 서희진을 데리고 가서 괴롭힐 정도니, 홍윤정이 사귀는 박찬영을 정경희가 좋아한다는 말을 들었으면 가만히 안 두겠지. 자, 이제 생각해 보자고. 그러면 홍윤정과 한성미는, 아니 박찬영과 배영진은 정경희를 어디로 끌고 갔을까? 깊이 따져 보지 않아도 그곳이 어딘지는 뻔해. 학교 뒤편 재개발지구에 빈집이 많지만 아무 데나 가지 않았을 거야. 서희진을 끌고 간 빈집도 여러 번 간 곳일 거고. 그렇다면 정경희도 그곳으로 데려갔겠지. 사람은 급할 때 일단 익숙한 곳으로 가기 마련이거든. 너희들이 늘 가는 아지트, 바로 거기에 정경희가 있을 거야."

"정경희 학생 어딨어? 어디에 감금해 둔 거야?"

내가 거세게 다그쳤지만 아무도 대답하지 않았다.

"쟤네들은 말 안 할 거예요. 서희진! 넌 알잖아. 끌려가 맞은 곳인데. 빨리 말해. 그래야 이 모든 일이 끝나."

홍구산이 서희진을 설득했지만 서희진은 입을 꾹 다문 채 가만히 있었다.

"지금 말 안 하면, 너만 손해일 텐데. 홍윤정과 한성미 따위는 이제 무서워하지 않아도 돼. 쟤네들은 이제 끝났어."

그래도 서희진은 입을 안 열었다.

"내가 알아, 어딘지 내가 알아!"

임미혜였다.

임미혜가 나서자 홍구산은 팔을 으쓱하며 나를 쳐다보았고, 나는 고개를 끄덕였다. 나는 순경들에게 임미혜를 데리고 정경희를 찾으러 가라고 지시했다. 그리고 다른 학생들은 운동장으로 돌려보내고 사건과 관련된 학생들은 경찰 버스로 격리 조치했다.

"걔네들이 이슬비도 납치하지 않았을까? 모든 증거는 이슬비가 쥐고 있으니 가능성이 있을 듯한데."

정경희를 찾았다는 소식을 초조하게 기다리며 홍구산에게 물었다. 홍구산은 나와 함께 경찰 버스 앞에서 연락을 기다리고 있었다.

"알리바이가 안 맞잖아요. 걔네들은 이슬비가 사라진 시간에 전부 운동장에서 체육대회 중이었어요."

"아, 그렇긴 하네."

나는 멋쩍게 머리를 긁적였다. 내가 보기에도 바보 같은 질문이었다.

"알리바이를 고려하지 않아도, 쟤네들이 이슬비를 건드리지 못하리란 건 분명해요."

"그건 왜 그렇지?"

"두렵기 때문이죠."

"무슨 말이야?"

"아, 참, 경찰이 이런 초보 프로파일링도 못해요?"

14살 학생 입에서 프로파일링이란 말이 나오다니, 어이가 없었다. 초보 프로파일링도 못한다는 말에 자존심도 상했다. 내 자존심이 구겨지거나 말거나 홍구산은 말을 이어 갔다.

"걔네들은 약자한테만 강하고, 강자한테는 약한 부류예요. 힘으로 약자를 괴롭히는 사람은 자기보다 약한 자는 건드리지만 자기가 넘볼 수 없는 힘을 지닌 존재에게는 감히 도전할 엄두도 내지 못해요. 쟤네들에게 이슬비는 두려운 존재예요. 이슬비가 처음 전학 온 날, 홍윤정과 한성미가 이슬비에게 시비를 걸었을 때, 이슬비는 이미 걔네들이 서희진을 끌고 가서 괴롭힌 사건을 알고 있다고 밝혔어요. 전학 온 첫날, 반 애들도 거의 모르는 비밀을 알고 있었어요. 아마도 경호실 도움을 받은 것 같기는 한데, 아무튼 홍윤정과 한성미로서는 이슬비가 얼마나 두려웠겠어요. 심지어 선생님들도 이슬비 앞에서 쩔쩔맸고, 그걸 쟤네들도 다 지켜봤어요. 그러니 건드릴 엄두를 내지 못하죠. 다행히 이슬비는 자기만 건드리지 않으면, 교실 안에서 어떤 일이 벌어져도 내버려두었어요. 립스틱 사건 때도 다 알면서 방관자로 남았고, 민준서가 진술을 조작했을 때도 다 알면서 그냥 모른 척했어요. 아마 오늘 아침에 이슬비가 정경희에게 증거를 보여 준 건 민준서가 저도 모르게 이슬비를 건드렸기 때문일 거예요. 이슬비 같은 애는 자기를 건드리면 가만히 있지 않죠. 임미혜가 자기 몸 만졌다고 체육관 인부 딸이라 더럽다고 했던 애인데, 민준서 같은 인간 말종이 자기를 건드렸으니 얼마나 화가 났겠어요."

"정말 궁금한 게 있는데, 넌 옆 반이면서 어떻게 그렇게 1반 상황을 잘 아냐?"

"옆 반이잖아요."

홍구산은 피식 웃었다.

"말도 안 돼! 옆 반이라고 그런 걸 모두 알 수는 없어."

"그냥 옆 반이어서 그래요."

거듭 물었지만 홍구산은 옆 반이란 말만 거듭할 뿐이었다.

홍구산을 지켜보면서 홍구산이 계속 입에 올린 두려움이란 낱말이 떠올랐다. 애들이 두려워서 이슬비를 건드리지 못했다고 하는데, 따지고 보면 이 녀석이야말로 두려운 존재였다. 옆 반임에도 모든 비밀을 꿰뚫고 있었다. 어쩌면 홍구산은 1반뿐 아니라 다른 반 비밀도 꿰뚫고 있을지 모른다. 저런 녀석이 학교에서 학생들을 상대로 힘을 쓰겠다고 작정한다면, 학생들이 얼마나 두려워하겠는가?

"정경희 학생, 발견했습니다!"

무전이 왔다.

"이슬비는 혹시 거기 없어?"

혹시나 해서 물었다.

"없습니다. 그런데 학생이 재갈에 물린 채 오래 묶여 있어서 거의 탈진 상태입니다."

"빨리 휴먼병원으로 데려가."

"네, 알겠습니다."

무전을 끊은 뒤 허성숙 씨를 보호하고 있는 순경에게 연락해서 허성숙 씨를 휴먼병원으로 모시고 가라고 지시했다. 뒤이어 반장에게 정경희를 찾았다고 보고했다. 내 보고를 받은 반장은 곧바로 서장에게 보고했고, 이어서 대규모 병력이 재개발지구로 투입되었다. 혹시라도 이슬비가 재개발지구에 있을지도 모른다는 가능성 때문이었다.

나는 경찰 버스로 올라갔다. 경찰 버스에는 정경희 납치 사건을 일으킨 남녀 학생들이 앉아 있었다.

"이것들이 법 무서운 줄 모르고 감히 사람을 납치해! 최 형사, 애들 진술서 꼼꼼히 받아. 송 순경, 애네 부모들한테 연락해서 빨리 오라고 해. 못된 녀석들 같으니라고."

그렇게 지시하고 버스에서 내렸다.

"쟤네 휴대 전화도 조사하셔야죠."

홍구산이 말했다.

"네가 말 안 해도 그렇게 할 거야."

그때 무전으로 운동장에 있는 학생들을 돌려보내라는 지시가 내려왔다.

"이제 저는 집에 가도 되는 거죠?"

홍구산이 무전 소리를 듣더니 내게 말했다.

홍구산을 보내 주려다가 생각을 바꾸었다. 어쩌면 이 녀석이 있으면 이슬비를 찾는 데 큰 도움이 될지도 모른다는 생각이 들었다.

"아니, 넌 잠깐 여기 머물면서 나 좀 도와줘."

17
프로파일링

김동연 ● 형사

"제가 도울 일이 뭐가 있다고."

홍구산은 그냥 가려고 했지만 나는 그대로 보내 주지 않았다.

"너한테 이슬비를 찾아내라거나 범인이 누군지 알아내라고 요구하지는 않을 테니까 걱정 마."

홍구산이 범인을 잡을 거라는 기대는 하지 않았다. 그렇지만 조금 전에 보여 준 능력을 감안하면 예상치 못한 발상을 할지도 모른다는 기대감이 생겼다.

"저는 아는 것도 거의 없어요."

"그건 걱정 마. 내가 안에 가서 지금까지 조사한 내용을 알아올 테니까."

"빨리 오세요. 날도 어둑어둑해지는데, 아주 오래 기다리지는 않을 거예요."

학교 건물로 들어갔다. 수사를 지휘하는 임시본부는 여교사 휴게실이었고, 각 교실에서 용의자 일곱 명을 따로따로 조사하고 있었다. 왜 그들이 용의자인지, 알리바이가 어떻게 되는지 그때까지 나는 전혀 모르는 상황이었다. 다들 초긴장 상태여서 물어볼 데가 마땅치 않았다. 한참 헤매다가 화장실 가려고 나온 여성청소년과 과장을 붙잡았다.

"바쁘다니까."

"아이 과장님, 그냥 몇 가지만 알면 된다니까요."

"짧게 물어봐. 위에서 주는 압력이 장난이 아니야. 이 사건 빨리 해결 못 하면 우리 모조리 징계받을지도 몰라. 곧 서장님도 이쪽으로 오실 거야."

그 재벌 회장이 대단하긴 대단한 모양이었다.

"궁금한 게 뭐야?"

"그 일곱 명을 용의자로 지목한 이유가 뭐죠?"

"용의자 명단은 그쪽 경호실에서 가져온 거야."

"그건 알겠는데, 경호실은 그걸 어떻게 알았냐고요?"

"녹음 기록이 있대."

"녹음 기록이요?"

"이슬비가 손목에 차고 있던 위치추적기에 긴급 음성 송출 기능이 있는데, 그걸 아침에 차에서 내리면서 켜고 내렸나 봐. 원래는 응급상황이 오면 켜는 건데 이슬비가 실수로 그냥 켜둔 거지. 그래서 하루 내내 이슬비가 만나서 나누는 대화, 주변에서 발생한 소리가 모조리 경호실 차량으로 송출됐어. 아까 우리에게 넘긴 자료가 바로 그 녹취록이야. 그 녹취록을 근거로 경호실에서 용의자로 일곱 명을 지목했고."

"그 일곱 명을 왜 용의자로 지목한 거죠?"

"그걸 지금 나보러 다 설명하라는 거야?"

"아이, 과장님! 제가 이 학교 담당이잖아요. 혹시 알아요, 설명을 듣고 제가 아는 정보와 연결해서 범인을 추려 낼 수 있을지……."

"자네가? 내 참!"

과장은 시계를 힐끗 보았다.

"내가 일일이 설명해 줄 수는 없고, 서장님께 올릴 1차 보고서 사본을 줄 테니까 그거 봐."

과장은 조사실 안으로 들어가더니 일곱 장짜리 보고서 사본을 주었다. 양식도 제대로 갖추지 않은, 글씨만 가득한 보고서였다. 급하게 만든 티가 많이 났다. 나는 사본을 받아 들고 경찰 버스 앞으로 왔다. 홍구산과 같이 보고서를 읽으려고 했지만, 주위가 어둑해져서 잘 보이지 않았다. 홍구산을 데리고 가로등 아래로 갔다. 우리는 나란히 앉아서 무릎 위에 보고서를 올려놓고 같이 읽었다.

"이런, 그 친절한 왕 아저씨가 조폭 출신이었다니……."

홍구산은 왕대현이 조폭 출신인 게 놀라운 모양이었지만, 나는 여러 용의자가 내가 처리한 학폭위 사건과 얽혀 있어서 착잡했다. 일곱 명 모두 동기는 있었다. 그리고 모두 2시에서 3시 사이의 알리바이가 불분명했다. 허기영은 교감실에, 오현철은 체육관에, 권영근은 행정실에, 김팽석은 체육관 현장 소장실에, 왕대현은 체육관 지하에, 임병호는 기계실에서 홀로 있다고 증언했다. 특이한 건 한세민 선생이었다. 식당 뒤쪽 낡은 창고에 혼자 있었다고 한다. 그런데 잠깐 쉬고 나가려고 했는데 문이 잠겨서 갇혀 있다가 3시쯤 문이 열려서 나왔다고 했다. 아무리 봐도 이상한 알리바이였다.

"모두 범행 동기는 있는데 알리바이가 불분명하니, 이것 참 난감하네."

서류를 다 봐도 막막하기만 했다. 많은 병력들이 재개발단지를 수색하고 있지만 아직까지 별다른 발견을 했다는 보고는 없었다. 용의자들 집과 주변 인물들 조사도 마찬가지였다. 통신 기록도 특별한 게 나오지 않은 모양이었다.

"보고서에 CCTV를 조사했다는 내용은 없네요."

자료를 모두 읽은 홍구산이 물었다.

"그러게. 내가 한번 물어볼게."

나는 본서 정보과에 근무하는 동료에게 전화를 걸어 CCTV 조사 내용을 물었다. 학교 근처 CCTV, 학교 앞 아파트 단지 CCTV, 반경 1km 내 도로 CCTV를 모조리 뒤지고 있지만, 아직까지 아무런 단서를 발견하지 못했다고 했다. 통화 내용을 알려 주니 홍구산이 고개를 절레절레 흔들었다.

"제대로 조사하지 않았나 보네요."

"넌, 경찰 능력을 너무 깔봐."

"그럴 리가요. 하지만 지금은 확실히 그렇네요."

그냥 무시하려다 바로 이러한 상황을 위해 홍구산을 잡아 두었다는 생각이 들어 자세히 말하도록 시켰다.

"이슬비를 납치한 사람이 학교 뒤편 재개발지구에 이슬비를 감금해 두었을 가능성은 희박해요. 이슬비가 실종되면 경찰력이 가장 집중해서 수색할 곳이거든요. 죽일 수도 있지만 그래도 바로 시신을 발견하는 건 범인에게는 좋지 않죠. 증거가 생생하게 남아서 잡힐 가능성이 높거든요."

홍구산은 죽음을 아무렇지 않게 말했다. 살인과 시신을 입에 올리는 데 감정 변화가 느껴지지 않았다. 감정이 있는 녀석인지 의문이 들었다.

"재개발지구가 아닌 곳으로 이슬비를 납치해서 옮기려면 당연히 차량으로 이동했겠죠. 그런데 반경 1km이내 CCTV에 흔적이 남지 않았다는 건 최소한 반경 1km 이내 지역에서는 CCTV가 없는 곳을 골라서 이동했다는 뜻이죠. 이곳은 청남시 구시가지고, 재개발지구를 비롯해서 구시가지는 CCTV가 없는 곳이 많아요. 만약 길을 잘 알고, 철두철미한 사람이라면 CCTV가 없는 곳만 골라서 반경 1km를 빠져나갈 수도 있죠."

홍구산이 한 지적은 타당했다.

"그래서 CCTV 수색 범위를 넓히란 뜻이야?"

"그래야지 않겠어요?"

"납치는 초기 수사가 중요해. 엉뚱한 곳에 수사력을 쏟다가 어긋나면 아주 잘못될 수도 있어. 그러니 무작정 CCTV 조사 범위를 넓힐 수도 없어."

나는 경찰로서 경험을 살려 충고를 했다.

"저도 잘 알아요. 그래서 방향이 중요하죠. 이슬비는 학교 뒤편에서 납치당했어요. 학교 교직원이나 공사장에서 일하는 사람들은 모두 공사장 뒤편에 차를 세워 두니, 납치범도 거기에 차를 세워 두었겠죠. 납치범이 차를 이용해서 이슬비를 다른 곳으로 옮겼다면 분명히 재개발지구를 거쳐서 갔을 거예요. 그곳에는 CCTV가 전혀 없고, 사람들도 거의 살지 않으니까. 범인은 재개발지구를 빠져나가서 어딘가에 이슬비를 내려놓고 학교로 돌아왔겠죠. 총 범죄 소요시간은 대략 1시간이에요. 차량으로 이동하는 시간을 왕복으로 계산하면 최대 30분, 납치하고 은밀한 장소에 이슬비를 처리하는 시간까지 고려하면 이동시간은 20분에서 25분 이내, 재개발지구는 골목이 비좁고 복잡해서 빠져나가기까지 오래 걸리니 그 시간을 더하면, 대략 어느 지역 CCTV를 조사할지 나오죠."

말을 마친 홍구산이 두 팔을 벌리며 어깨를 으쓱했다. 역시 이 녀석을 붙잡아 두길 잘했다. 나는 곧바로 본서 정보과에 있는 동료에게 전화를 걸어 홍구산이 말한 내용을 전했다. 그때 학교 정문에서 소란이 일었다. 그러고는 정문을 지키는 담당 순경에게서 무전이 왔다. 나는 경찰 버스 쪽으로 걸으며 무전을 했다.

"버스에서 조사 중인 학생들 학부모들이 들어가게 해 달라고 하는데, 어떻게 하죠?"

"아직 진술서 작성이 끝나지 않았어. 지금 만나면 진술이 오염될 수 있으니까 다른 곳으로 모셔."

"거세게 항의하는데요. 만나지 못하게 하면 변호사를 부르겠다는 학부모도 계시고."

"알아서 시간을 끌어 봐. 현장 조사가 안 끝나서 만나게 해 줄 수 없다고 둘러대."

무전을 끊고 다시 홍구산에게 가려는데 김민주 여사가 나타났다.

"형사님, 우리 준서가 어떻게 된 거죠?"

걱정이 가득한 얼굴이었다.

막으라고 했는데 일을 어떻게 처리하는 건지 짜증이 났다. 그러다 허성숙 씨가 나타났을 때 김민주 여사는 이미 학교 안으로 들어왔다는 사실이 기억났다. 그러면 그동안 내내 학교 안에 있었다는 말인데, 도대체 어디서 뭐 하고 다닌 건지 모르겠다. 따지고 보면 학폭위 진술 조작과 관련해서 김민주 여사도 조사를 받아야 한다. 그렇지만 지금은 그것까지 할 여력이 없었다.

"지금은 자세히 말씀드릴 수 없습니다. 부위원장님, 지금은 그냥 기다려 주십시오."

"아니, 어떻게 그냥 기다려요. 지금 집에 우리 준서 과외 선생님이와 계신데 수업도 못 받고, 여기 계속 있으면 어떻게 해요."

같은 반 학생을 납치하고 감금했는데 기껏 과외 걱정이나 하다니, 짜증이 치밀었다. 뭐라고 한마디 쏘아붙여 주고 싶었지만 꾹 참았다.

"죄송하지만 여기서 이러시면 수사 방해입니다. 민준서 학생은 여학생을 납치한 주범입니다. 1차 조사가 끝난 뒤에 만나게 해드릴 테니, 지금은 기다리십시오."

"우리 준서가 주범일 리 없어요. 우리 준서가 그런 나쁜 짓을 했을 리 없다니까요. 우리 준서는 그럴 애가 아니에요."

이 말이 나올 줄 알았다. 범죄를 저지른 자식을 둔 부모가 처음 범죄 사실을 접하면 꼭 저런 소리를 한다. 민준서처럼 애지중지 키운 자식을 둔 부모는 그러한 경향이 더 강하다. 그럴 때마다 꼭 이런 말을 해 주고 싶다.

'그럴 리 없다니요? 그럴 리 있습니다.'

물론 그런 말을 대놓고 한 적은 없다.

"여기서 계속 방해하시면 준서한테도 좋지 않아요. 일 처리를 빨리 할 수 있도록 도와주셔야 준서 학생도 빨리 집에 갈 수 있습니다."

그 말은 확실히 효과가 있었다.

"정말 집으로 보내 주는 거죠?"

"네, 그럴 겁니다. 그러니 지금은 기다리세요. 곧 끝납니다."

김민주 여사는 곧 끝난다는 말을 듣고서야 다시 학교 안으로 사라졌다. 김민주 여사가 사라진 뒤 나는 다시 홍구산 쪽으로 갔다.

"준서 엄마네요."

"준서 엄마를 알아?"

"우리 학교에서 가장 유명한 엄마인데 모를 리 있나요."

"4시쯤에 준서를 데리러 왔다가 못 데리고 가니까 아직까지 계속 있네."

"지금 온 게 아니고, 4시부터 와서 아직도 안 가고 있다고요?"

"그래. 과외 선생님이 집에서 기다리고 있어서 가야 한다면서."

"다른 집 자식이 납치를 당하든 말든, 왕따를 당하든 말든, 자기 자식 과외가 더 걱정인 부모들이야 많죠."

홍구산은 마치 어른처럼 말했다.

"모든 부모들이 그런 건 아니야."

그렇게 말했지만 입맛이 씁쓸했다. 수많은 학교 폭력을 접하면서 문제 학생 뒤에 문제 부모가 있음을 뼈저리게 느낀 적이 많기 때문이다. 잠깐 둘 사이에 침묵이 흘렀다. 휴대 전화 벨 소리가 그 침묵을 깰 때까지 우리는 아무 말 없이 가만히 있었다. 정보과 동료에게서 온 전화였다.

"김 형사 말이 맞았어. 찾았어!"

"누구야? 누구 차야?"

"용의자는 한세민, 시간은 2시 40분, 규민산업 앞, 청남서중 방향 교통정보 CCTV에 찍혔어."

"확실히 한세민이야?"

"운전자는 확인할 수 없지만 차량은 확실해."

"잘됐네."

"김 형사, 이번에 아주 제대로 짚었어. 나중에 서장님께 보고할 때 꼭 넣어 줄게."

동료는 신나는 목소리로 전화를 끊었다.

"범인이 한세민 선생님이라고요?"

홍구산이 인상을 찌푸렸다.

나는 활짝 웃으며 고개를 끄덕였는데, 홍구산은 나와 반대로 심각한 얼굴로 고개를 절레절레 흔들었다.

"그 선생님이 그럴 리 없어요."

"너도 그 말이냐? 그 선생님을 좋아하는 마음은 알겠지만, 감정에 치우친 믿음은 늘 배신으로 이어지고, 판단을 흐리게 하지."

나는 살짝 웃으며 어린 청소년에게 충고를 해 주었다.

"아뇨, 저는 민준서 엄마나, 임미혜와 같은 그런 헛된 믿음 따윈 없어요."

"그럼 뭔데?"

"프로파일링이죠."

또 그 낱말이다. 겨우 14살밖에 되지 않은 녀석이 프로파일링이 뭔지 알기나 하는 걸까?

"네가 프로파일링을 뭐 얼마나 안다고."

슬쩍 비꼬았다.

"물론 한참 공부하는 중이라 아는 게 그리 많지는 않아요. 그렇지만 한세민 선생님이 그렇게 용감하게 납치를 할 만한 성향이 아닌 건 아주 잘 알고 있죠."

나는 시계를 확인했다. 너무 오래 홍구산을 붙잡아 두고 있었다. 이 녀석과 말씨름을 할 이유도 없었다.

"알았어, 알았어! 어쨌든 네 덕분에 범인을 잡게 됐으니까 고마워. 나중에 내가 맛있는 거 사 줄게."

나는 자리에서 일어났다.

"한세민 선생님은 범인이 아니라니까요."

홍구산이 아주 강하게 말하며 벌떡 일어났다.

그냥 무시하고 가려다 이렇게까지 강하게 이야기하는 이유가 궁금했다. 무엇보다 긴 시간 나를 도와준 게 고마워서라도 무슨 근거로 그러는지 들어 보기로 했다. 어차피 한세민을 내가 조사할 것도 아니고, 학생들 조사는 내가 마무리해야 하지만 조금 늦어져도 상관없었다.

"도대체 그렇게 판단하는 근거가 뭐야?"

"제가 본 한세민 선생님은 소심하고 결단력이 없어요. 화가 아무리 나더라도 억지로 화를 누르고 어찌할 바를 모르죠. 힘 앞에 늘 주눅이 들어 있고, 조그마한 불의에 저항할 만한 용기조차 없어요. 일이 흘러가는 대로 끌려갈 뿐 무언가를 이루기 위해 도전하고 개척하지도 않아요. 타고난 점도 있지만 외동딸에 모범생으로 살아오고, 세상 험난한 일이라고는 한 번도 겪어 본 적이 없어서 생긴 성향으로 보여요. 한세민 선생님은 우울하면 몰래 식당 뒤편 낡은 창고로 가서 혼자 시간을 보내고 올 만큼 내성적인 사람이에요. 자기 앞에 문제가 닥치면 스스로를 책망하며, 고민하는 사람이지 과감하게 문제를 풀려고 나서지 못해요. 더구나 가르칠 때나 평소 학교 생활을 하실 때 꼼꼼하지 못했어요. 이 모든 걸 종합해 보면, 이 사건에서 범인이 보여 주는 과감함과 치밀함은 한세민 선생님과 결코 어울리지 않아요."

홍구산은 아주 확신에 차서 말했지만 나는 선뜻 받아들이기 어려웠다. 사람은 겉보기와 다르다. 경찰 생활을 하면서 사람을 겉으로 드러난 면만 보고 판단하면 안 된다는 점을 배웠다.

"네 프로파일링은 제법 그럴 듯해. 그렇지만 프로파일링은 증거보다 약해. 사람은 겉모습과 다른 면이 많아. 아무리 소심한 사람도 울컥해서 범죄를 저지르기도 해. 평소에는 엉성하고 툭하면 허둥대던 사람도 범죄를 저지르는 순간에는 치밀해지기도 해."

나는 가르치는 투로 말했다.

"물론 프로파일링보다 증거가 우선이죠. 그리고 저에게도 증거는 있어요."

"증거라고? 너한테?"

증거라는 말에 귀가 번쩍 열렸다. 직접 조사를 하지도 않은 녀석에게 증거라니, 얼토당토않은 말이었다.

"범인이 일부러 규민산업 앞에서 교통정보 CCTV에 찍혔다는 사실, 그게 바로 증거예요."

"그게 증거라고? 그 증거는 한세민이 범인이라는 증거지, 범인이 아니라는 증거는 될 수 없어."

"아뇨. 그렇지 않아요. 범인은 이슬비를 납치하면서 단 한 곳에서도 CCTV에 찍히지 않았어요. 그만큼 치밀했다는 뜻이죠. 그런데 돌아오면서 뻔히 보이는 대로에 설치된 교통정보 CCTV에 찍히다니 말이 되지 않아요."

"그렇다고 그게 한세민이 범인이 아니라는 증거야?"

"당연히 그렇죠. 첫째, 한세민 선생님은 그렇게 CCTV를 모두 피할 만큼 치밀하지 않아요. 둘째, 만약 한세민 선생님이 했다면 처음부터 끝까지 CCTV에 찍히지 않았을 거예요. 납치를 하면서 뻔히 보이는 교통정보 CCTV에 걸릴 만큼 멍청한 범인은 없어요. 셋째, 한세민 선생님은 낡은 창고에서 나오려고 했는데 갇혀서 나오지 못했다고 했어요. 이러한 상황과 한세민 선생님 성향을 고려하면 한세민 선생님이 범인일 가능성은 극히 낮아요."

"극히 낮을지도 모르지만 가능성은 있어. 그리고 증거는 그 가능성이 현실이라고 증명하고 있고."

나는 빙그레 웃으며 홍구산 어깨를 툭툭 건드렸다. 이제 대화를 끝낼 시간이었다. 빨리 학생들 조사를 마무리하고 조치를 취해야 한다. 그게 내가 할 일이었다.

"그럼 이렇게 바꿀게요. 한세민 선생님이 범인일 가능성은 전혀 없어요. 제가 규민산업 앞은 너무나 잘 알아요. 거기서 CCTV를 피해서 재개발지구로 들어오려면 규민산업 쪽으로 오지 않고 그 앞 도로에서 좌회전하면 얼마든지 가능해요. 납치해서 이동할 때 규민산업 앞을 지나가지 않았어요. 그건 그곳을 잘 안다는 뜻인데, 돌아올 때 규민산업 앞을 지나오다니 말이 안 돼요. 범인은 한세민 선생님 차를 일부러 찍히게 했어요. 그리고 교통정보 CCTV로는 운전자 식별이 어렵다는 사실도 잘 아는 사람이죠."

홍구산은 열변을 토했지만 내게는 별로 설득력이 없게 들렸다. 시간을 확인했다. 빨리 학생들 조사를 마무리하고 싶었다.

"만약 한세민 선생이 범인이 아니라면 경찰이 다 밝혀낼 거야. 오늘 고마웠어. 이제 집에 가도 돼."

나는 고마움을 가득 담은 웃음을 지어 보이고, 홍구산 어깨를 툭 치고 몸을 돌렸다.

"지난 번 학폭위 때도 그랬죠."

홍구산이 날카롭게 말했다.

학폭위라는 말에 가슴이 뜨끔했다.

"그때도 서둘러서 일을 마무리하려고 제대로 조사하지 않았잖아요. 그때 혹시 진수용이 쓴 진술서를 보고 의심이 들지 않았나요? 평소에 얌전하게 지내던 여학생이 느닷없이 남학생 사타구니를 쳤다는 진술이 곧이곧대로 믿어지셨어요? 한세민 선생님 진술에서 사건을 대충 얼버무리고 넘어가려는 느낌을 못 받으셨어요?"

나는 딱딱하게 굳은 얼굴로 홍구산을 응시했다.

"그때 형사님이 제대로 일 처리를 했으면, 오늘 일은 일어나지도 않앉어요. 최소한 정경희가 납치돼서 고생하는 일은 결코 일어나지 않았어요."

대꾸할 말이 떠오르지 않았다.

"그런데 형사님은 또 대충 마무리하려고 하잖아요. 의구심이 드는데도 자세히 조사하지 않고 또 그냥 넘어가려고 하고 있어요. 제 말이 틀릴 가능성이 있다는 걸 저도 알아요. 그렇지만 충분히 의심할 만하잖아요. 조금이라도 의심이 들면 그걸 파고드는 게 수사 원칙 아닌가요? 설령 나중에 아니라고 결론이 나더라도 일단은 조사를 해 봐야죠. 아직 결론이 나지 않았고, 무엇보다 형사님은 시간이 있어요. 애들 조사 마무리는 조금 늦어도 되지만, 만약 범인이 한세민 선생님이 아니라면 이슬비는 그 시간 동안 목숨을 잃을 수도 있어요."

아마 지난 번 학폭위에서 내가 한 잘못에 대한 죄책감이 없었다면 그냥 무시하고 가 버렸을 것이다. 그러나 죄책감은 나를 그냥 떠나지 못하게 만들었다.

"좋아! 한세민이 범인이 아니라고 치자. 그럼 네 프로파일링으로는 누군데?"

나는 일부러 프로파일링이란 단어를 골라서 썼다.

"누군지 제가 어떻게 알겠어요. 그렇지만 의문점을 하나씩 풀어 가다 보면 용의자가 좁혀질 거라고 봐요."

"어떤 의문점인데?"

나는 꾹 참고 질문을 계속했다.

"가장 먼저 드는 의문점, 왜 이슬비는 위치추적기를 빼놓았을까요?"

그건 나도 들었던 의문이었다.

"나도 그 의문이 들었어. 그래서 위치추적기가 운동장 근처에서 발견되었다는 말을 듣자마자 혹시 이슬비가 몰래 도망치려고 위치추적기를 벗어 놓은 게 아니냐고 의문을 제기했지. 그랬더니 경호실에서는 이슬비에게는 돈이 없기 때문에, 스스로 추적기를 벗었다고 해도 어디 가지 못했을 거라고 했어. 누구나 몰래 돈을 감춰 둘 수도 있으니 돈 한 푼 없다는 건 말이 안 된다고 따졌지만, 무시당했어."

"그래요? 그럼 왕대현 아저씨는 범인이 아니네요."

내 말을 듣자마자 홍구산은 뜬금없이 왕대현이 범인이 아니라고 결론을 내렸다.

"왜 그렇지?"

"첫째, 납치사건이 벌어지면 가장 먼저 의심받을 사람이 자기라는 걸 아는 왕대현 아저씨가 이런 위험한 범죄를 저지를 이유가 없어요. 둘째, 이슬비는 위치추적기를 스스로 벗었다고 봐야 하는데, 그렇다면 말 그대로 어디론가 도망을 치거나 몸을 숨기려고 했을지도 몰라요. 이슬비가 돈 한 푼 없다는 경호실 말을 사실로 받아들이면 이슬비가 몰래 도망치려고 했을 때 조력자가 필요하고, 그 조력자로 이슬비가 고른 사람이 왕대현 아저씨일 가능성이 높아요."

나는 차분히 홍구산이 풀어놓는 논리를 따라갔다.

"한성미와 홍윤정이 서희진을 괴롭힌 사건을 이슬비는 미리 알고 있었어요. 그건 경호실이 이슬비가 가는 반을 조사하는 과정에서 알아냈을 거예요. 그리고 경호실이 그런 사건마저 알아내는 수준이라면 왕대현 아저씨가 어떤 사람인지도 미리 알았겠죠. 전직 조폭이니 당연히 이슬비에게도 주의를 주었을 테고. 이슬비가 도망치는 데 도움을 받으려고 마음먹었다면 왕대현 아저씨 비밀을 써먹을 생각을 했을 거예요. 재벌가 철부지 손녀가 집안에 뭔가 요구할 게 있는데, 집안에서는 그걸 들어주지 않으니, 그 요구를 관철하기 위해 머리를 짜낸 거죠."

"네 말이 맞다면, 왕대현이 몰래 이슬비를 어딘가에 데려다 놓았을 수도 있잖아."

"만약 그랬다면, 한세민 선생님이 범인으로 몰리는 이 상황에서 왕대현 아저씨가 그대로 침묵할 이유가 없어요. 괜히 엉뚱한 사람이 범인으로 몰리는 걸 두고 볼 아저씨가 아니거든요."

"넌, 왕대현도 잘 아니?"

"그럼요. 아주 좋은 분이세요."

"사람은 겉만 봐서는 몰라."

이 말을 몇 번째 하는지 모르겠다.

"아저씨는 정말 좋은 분이에요. 그건 형사님이 그 아저씨를 직접 겪지 않아서 그래요."

조폭이 좋은 사람이라는 말은 가당치 않았다. 그렇지만 그걸 더 이상 따지고 싶지는 않았다.

"왕대현은 일단 용의자에서 제외하자."

"한세민 선생님도 빼야죠."

나는 바로 고개를 흔들었다.

"그다음은……."

"미혜 아빠도 아니에요."

"임병호 씨 말이냐?"

"보고서를 보니 아침에 이슬비가 딸을 멍청하다고 욕하는 걸 보고, 대놓고 엄청 화를 냈다고 진술했어요. 그 뒤로 이슬비를 본 적이 없다고. 그러면서 이슬비가 딸에게 얼마나 못된 짓을 했는지, 줄줄이 털어놨어요."

그건 나도 이미 읽었다.

"그게 왜 임병호가 범인이 아니라는 증거지?"

"임병호가 범인이라면 그 증언은 아예 자신이 범행동기가 가득한 사람이라는 걸 광고한 셈이에요. 그렇게 충동과 복수심이 강한 사람이라면 치밀한 범죄를 저지르기 쉽지 않죠. 그리고 치밀하게 범죄를 저지르고 은폐했다면 그런 식으로 범행동기를 다 드러내지도 않았을 거구요."

홍구산이 하는 말이 무결점 논리로 보이지는 않았지만, 나름 타당하다는 점은 인정할 수밖에 없었다. 홍구산이 타당한 논리를 펼칠수록 나는 홍구산에 대한 호기심이 일었다. 내 관심사는 홍구산이 추적하는 범인이 아니었다. 나는 한세민이 범인이라고 확신했다. 그렇지만 어린 학생이 펼쳐 보이는 열정과 순수함을 꺾고 싶지 않았다.

"네 말대로라면 한세민, 왕대현, 임병호는 범인이 아니야. 이제 김팽석, 오현철, 허기영, 권영근, 이렇게 네 명이 남았네."

"정황을 따져 보면 김팽석 소장은 용의자에서 제외하는 게 맞아요."

"김팽석은 왜?"

"보여 주신 보고서에 따르면 프리덤건설은 이슬비 작은외삼촌 회사인 알파종합건설과 치열한 경쟁관계고, 경호실도 그걸 많이 걱정해요. 만약 이슬비가 사고를 당하면 가장 먼저 누굴 의심할까요? 당연히 프리덤건설 소속인 김팽석 소장과 직원들을 의심하겠죠. 따라서 왕대현 아저씨가 범인이 아닐 가능성과 동일한 근거로 김팽석 소장은 범인일 가능성이 낮아요."

"의심을 받는다는 건 그만큼 범죄를 저지를 가능성이 높다는 뜻이기도 해."

"그건 저도 동의해요. 그리고 저라면 의심받지 않을 만한 알리바이를 만들어 놓고 이런 일을 벌이지, 뻔히 의심받는 상황에서 범죄를 저지르지는 않을 거예요. 의심이 자신에게 집중되는 상황에서는 웬만큼 치밀하게 범죄를 수행해도 허점이 생기기 마련이죠. 프리덤건설 정도 되는 회사가 이런 일을 그렇게 허술하게 처리할 리는 없어요."

반박을 하려다 그냥 참았다. 괜히 시간만 길어질 게 뻔했기 때문이다.

"더 중요한 판단 근거는 다음이에요. 만약 프리덤건설 쪽 사람들이 이슬비를 납치한다면 어떤 목적이 있을 거예요. 그리고 그게 뭔지는 분명하죠. 요즘 청남시 구시가지는 곳곳이 대규모 재개발사업을 앞두고 있고, 개발사업 업체 선정을 두고 프리덤건설과 알파종합건설이 치열하게 다투고 있어요. 이건 우리 엄마 가게가 그쪽에 있어서 잘 알아요. 만약 이럴 때 이슬비를 프리덤건설 쪽 사람이 납치했다면 프리덤건설은 알파종합건설에게 경쟁에서 밀리고 있기에, 경쟁에서 유리한 위치를 차지하려는 목적일 거예요. 그렇다면 우리는 굳이 이슬비 안위를 걱정하지 않아도 돼요. 양쪽이 알아서 협상하고 마무리할 테니까요."

홍구산은 나름 그럴 듯한 추론을 바탕으로 용의자를 셋으로 좁혔다. 그 추론에 약간씩 허점이 보이기는 했지만 나름 괜찮았다. 나는 홍구산이 어느 수준까지 범인을 집어낼지 궁금해졌다.

"그럼 이제 세 사람이네. 그 세 사람 가운데 제외할 사람이 또 있을까?"

"세 사람은 잘 모르겠어요."

홍구산이 더는 말을 못 하는 걸 보니 속으로 고소했다. 역시 어린 녀석의 한계였다.

"오현철 선생은 빼는 게 낫지 않을까? 특별히 이슬비를 어떻게 할 만한 동기가 없는데."

"꼭 그렇지는 않아요. 보고서에는 이슬비가 체육대회에 잘 참가하지 않는 모습을 보고 불같이 화를 냈다고 나와 있어요. 평소에도 몇 번 오현철 선생님이 이슬비와 충돌한 적이 있다고 하고요. 제가 접한 오현철 선생님은 됨됨이가 다혈질이에요. 잘못된 걸 참지 못하죠. 그런데 그동안 이슬비는 반에서 계속 안하무인으로 지내 왔고, 오현철 선생님이 가장 중요하게 여기는 체육대회마저 참가하지 않았어요. 오전에 야단을 쳤는데, 오후에 또다시 이슬비가 체육대회에 참여 안 하고 서성이는 모습을 보았다면, 화가 치밀어 올랐겠죠. 무엇보다 오현철 선생님은 체육관에 마음을 많이 쓰는데, 오늘은 학생들과 함께 체육관을 이용했으니 불만이 가득 한 상태였을 수도 있어요. 그런 감정 상태에서 이슬비가 오현철 선생님 심기를 건드렸다면, 다혈질인 오현철 선생님이 분노를 참지 못해 이슬비에게 폭력을 휘둘렀을 수도 있죠. 만약 오현철 선생님이 범인이라면, 이런 말은 하기 싫지만, 이슬비는 이미 죽었거나, 목숨이 아주 위험한 상황일 거예요.”

이슬비가 이미 죽었을지도 모른다고 하니 바짝 긴장이 되었다.

“그건 왜 그렇지?”

“다혈질인 오현철 선생님이 실수로 이슬비를 때린 뒤 이슬비를 어디로 숨겼다면, 그건 큰 사고가 났을 때뿐이니까요.”

“으으음…….”

나도 모르게 신음이 흘러나왔다.

나는 홍구산 말을 적극 반박하고 싶었다. 셋 가운데 범인이 있다면 오현철보다는 허기영이나, 권영근일 가능성이 더 높다는 판단 때문이었다. 무엇보다도 오현철이 범인일 경우 이슬비가 끔찍한 상황에 놓여 있을지도 모른다는 말이 그럴 듯했기 때문이다. 그런 비극은 상상조차 하기 싫었다.

"이제까지 네 추론이 모두 맞다면, 허기영과 권영근이 범인일 가능성이 더 높다고 봐."

내가 말했다.

"……?"

홍구산은 가만히 기다리며 내가 근거를 제시해 주기를 기다렸다.

"허기영과 권영근은 비리를 저질렀고, 그게 폭로될 상황이야. 학교 폭력을 은폐한 문제도 걸려 있고. 이슬비가 그 모든 걸 알고 있으니 폭로한다면 둘이 가만히 있을 수는 없겠지. 범죄자를 추론할 때 강한 동기를 지닌 사람이 바로 용의자야. 그 둘은 아주 강한 동기가 있어. 따라서 둘 중 한 명이 범죄를 저지르거나, 아니면 둘이 힘을 합쳐 범죄를 저질렀을 가능성이 아주 높아."

"그 말에 100% 동의해요. 만약 형사님 추론이 맞다면 이슬비가 갇힌 곳이 어딘지 대충 어림이 가요."

"정말?"

"100% 확신은 아니에요."

"아무튼 가능성이 있는 곳이 있다는 말이잖아. 그게 어디야?"

"규민산업 옆에 작은 공장이 밀집된 공단지역 아시죠?"

물론 잘 알고 있다. 규민산업 옆으로는 작은 공장들이 밀집한 아주 넓은 공단이 있다. 예전에는 아주 번성한 곳이었지만, 공장이 상당수 빠져나가고 이제는 얼마 남지 않았다. 남아 있는 공장들도 마저 이전하면 대규모 재개발이 이루어질 예정이다. 한세민의 차가 규민산업 앞을 지나쳐 온 게 드러나면서 경찰 수색병력 가운데 5할이 그쪽 방면으로 투입되었다. 그렇지만 그곳은 지나치게 넓었다. 큰 도로를 사이에 두고 맞은편에 또 다른 주택 재개발지구가 있어서 두 지역을 제대로 수색하려면 시간이 아주 오래 걸릴 수밖에 없다.

"거기에 교감 선생님 동생이 운영하는 공장이 있는데, 폐쇄한다는 이야기를 들었어요."

어린 녀석이 이런 정보까지 알고 있다니 무척 황당했다. 이 녀석은 개인 정보부라도 운영하는 걸까?

"그건 또 어떻게 아냐?"

"1학기 때 그 공장으로 여럿이서 체험학습을 간 적이 있어요. 우리가 갔을 때, 사장님이 곧 폐업을 해서 안타깝다는 말씀도 하셨고."

개인 정보부라도 운영하는 줄 알았는데 조금 허탈했다.

"교감이나 행정실장이 이슬비를 납치를 했다면, 그곳에 감금해 놓았을까?"

내가 물었다.

"아마도."

"왜 그렇지?"

"행정실장이 단독으로 범행을 저질렀다면 이중 안정장치로서 그 위치가 제격이에요."

이중 안전장치가 어떤 의미인지 곰곰이 따져 봤다. 자동차로 먼저 한세민을 의심받게 하고, 장소로 허기영을 의심받게 만드는 게 이중 안전장치였다. 권영근처럼 냉정한 사람이라면 일단 한세민을 의심받게 하고, 그다음 허기영을 의심받게 하는 이중 장치를 뒀을 수도 있다. 그리고 권영근이 범인이어도 이슬비 목숨이 위험하다는 판단이 들었다. 권영근이 허기영에게 범죄를 뒤집어씌우려고 한다면 이슬비를 살려 둘 이유가 없기 때문이다. 무서운 생각이었다. 어쩌면 오현철이 범인일 때보다 이슬비 목숨이 더 위태로울 수도 있었다. 내 판단이 틀렸기를 바랄 수밖에 없었다.

"행정실장은 치밀하고 냉정하며 감정 변화가 없어요. 그런 사람이라면 아주 치밀하게 범죄를 추진했을 가능성이 높아요. 결과도 더 안 좋을 테고."

홍구산도 나와 같은 생각인 게 분명했다.

"교감 선생님이 범인이라며 이 사건은 아주 우연히 벌어졌을 가능성이 높아요. 비리에 학폭위 은폐까지 이슬비가 폭로하겠다고 나섰는데 그걸 막을 수도 없는 상황에 몰려서, 어쩌다 보니 일이 벌어졌을 가능성이 높죠. 교감 선생님이 범인이라면 평소 교감 선생님 성격상 스스로도 깜짝 놀랐을 테고, 그러다 보면 행정실장처럼 이중 안전장치까지 못했을 거예요. 그냥 한세민 선생님에게 뒤집어씌우는 정도까지만 생각했겠죠. 그리고 아주 손쉽게 생각해서 일단 익숙한 장소로 이슬비를 데려다 놓았을 가능성이 높아요."

"권영근이든, 허기영이든 결국 공장에 이슬비를 두었을 거란 말이네."

"만약 둘이 공범이면 또 모르죠. 전혀 다른 곳일 수도 있어요."

"그건 최악이겠군."

"그렇죠. 훨씬 치밀했을 테니까."

나는 홍구산 말을 믿고 싶지 않았다. 만일 홍구산 말이 맞다면 그 세 사람 가운데 한 명이 범인이다. 그 가정이 맞다면 이슬비는 매우 위급한 상태거나, 그보다 더 나쁜 상황일 수도 있다. 그 셋 가운데 한 명이 범인이고 아직 살아 있다면, 오늘 밤 이슬비 목숨이 위험하다. 한세민이 용의자인 상황에서 이슬비가 죽으면 모든 죄를 한세민에게 뒤집어 씌울 수 있는 좋은 기회이기 때문이다. 마음이 급해졌다. 이성은 한세민이 범인이라고 가리키는데, 감성은 홍구산 말에 더 끌렸다.

"아무래도 내가 직접 그 세 사람을 만나봐야겠다."

나는 벤치에서 일어났다.

"넌 여기 잠깐 있어."

급히 건물로 걸어가는데, 또다시 그 목소리가 들렸다.

"어머, 형사님!"

나도 모르게 눈이 홍구산을 향했다. 홍구산은 김민주와 내가 만나는 모습을 지켜보고 있었다. 결코 좋아하는 눈빛이 아니었다. 홍구산에게 김민주와 나누는 대화를 들려주고 싶지 않았다. 오직 자기 자식밖에 모르는 천박한 부모 모습을 적나라하게 보여 주기가 싫었다.

"제가 급한 일이 있어서, 말씀하시려면 저쪽으로 가서 하시죠."

나는 김민주를 중앙 현관 앞으로 이끌었다.

"우리 준서 괜찮은 건가요? 들어 보니 아주 큰일을 저지른 것 같던데……. 우리 준서가 어떻게 그런……, 입에 담기도 부끄러운 짓을……. 그래도 괜찮겠죠? 11월이 생일이라 만 13살도 안 됐으니까 처벌은 받지 않겠죠?"

먼저, 피해 학생과 부모에게 용서를 빌고, 어떻게 하면 책임을 오롯이 지고, 자녀를 바른 길로 이끌 수 있을지를 먼저 생각해야 하지 않을까? 자기 자식 잘못을 확인하자마자 처벌을 피하는 나이부터 따지는 저 엄마가 과연 정상일까? 문제 청소년을 대할 때마다 문제 부모가 뒤에 있음을 확인한다. 민준서가 나쁜 짓을 하게 만든 원흉은 바로 민준서 엄마인 김민주였다. 김민주는 진술 조작에 가담했다. 김민주가 저지른 잘못을 그대로 덮어 두고 가지 않겠다고 굳게 다짐했다.

"준서는 촉법소년에 해당합니다. 그렇지만 죄질이 좀 나빠서 강한 처분을 받을 수도 있습니다."

"직접 한 건 아니잖아요? 진짜 납치는 다른 애들이 한 건데, 그럼 그냥 학교 생활은 할 수 있는 거 아닌가요?"

아주 중한 범죄라고 강력히 주장하고 싶었지만, 꾹 참았다. 어차피 그 자리에서 내가 무슨 말을 하더라도 민준서 처리에는 아무런 영향을 줄 수 없기 때문이다. 더는 김민주와 말을 섞기 싫었고, 빨리 그 세 사람을 만나야 했다.

"네. 괜찮을 겁니다."

"그렇죠? 다행이네요. 그럼 우리 준서, 이제 집에 데려가도 되는 건가요?"

"아직은 아니지만 조사가 거의 마무리됐으니, 조금 뒤에 어머님께 연락이 갈 겁니다. 연락이 오면 경찰 버스로 가서서 서약서 쓰고 집으로 데리고 가면 됩니다. 추후 조치는 다시 알려드릴 겁니다."

"감사합니다. 형사님, 감사합니다."

김민주를 중앙 현관에서 떨구고 안으로 들어갔다. 들어가자마자 세 사람이 어디 있는지 확인했다. 세 사람은 모두 조사를 마치고 교감실에서 기다리는 중이며, 납치와 관련한 혐의는 뚜렷하게 없어서 곧 집으로 보낼 예정이라고 했다. 마음이 급했다.

세 사람은 소파에 앉아 있었는데 교무실에서 컵라면 냄새가 진하게 났다. 어제 밤늦게까지 일하고, 새벽에 사건이 생겨 일찍 출동했다. 사건 처리 때문에 아침을 못 먹고, 점심마저 김밥 한 줄로 때웠다. 겨우 일을 마무리했을 때 긴급출동 명령이 떨어져서 청남서중으로 오게 됐다. 이런 상황에서 컵라면 냄새를 맡으니 피곤과 배고픔이 한꺼번에 몰려왔다.

"저, 죄송한데, 남는 컵라면 있나요? 오늘 제대로 밥을 못 먹어서."

나는 멋쩍게 웃었다.

"우리 형사님이 배가 고프신가 보네. 권 실장, 컵라면 하나 드려."

"……."

권영근은 아무 말도 않고 일어나 교감실과 행정실 사이에 있는 다용도실로 들어갔다.

이들은 오랫동안 조사를 받았다. 그럼에도 혐의가 드러나지 않았다. 뻔한 질문을 해서는 이들에게서 새로운 것을 알아낼 수 없었다. 이들도 한세민이 강력한 용의자인지는 이미 알고 있을 것이다. 나는 충격 요법을 써 보기로 했다.

"제가 따로 조사를 해 봤는데, 아무래도 한세민 선생님이 누명을 쓴 것 같습니다."

"그럼 한 선생이 범인이 아니라는 건가요? 그럼 도대체 범인은……?"

내 말을 듣자마자 오현철 선생이 과장되게 반응했다. 반가움인지, 놀라움인지 판단하기 어려웠다.

"진짜 범인이 자기가 저지른 범죄를 한세민 선생에게 뒤집어씌운 거죠."

나는 일부러 교감을 쳐다보며 말했다.

"흠, 그건 그나마 다행이네요. 선생이 학생을 납치했다는 소문이 나면 학교 명성이 땅에 떨어질 뻔했는데."

교감이 하는 말에서 풍기는 분위기는 김민주와 무척 엇비슷했다. 사람에 대한 정이나 걱정은 거의 느껴지지 않았다. 이런 상황에서도 꼭 지켜야 할 학교 명성이 무엇인지 모르겠다. 권영근이 컵라면을 준비해서 무덤덤한 얼굴로 다용도실에서 나왔다. 이 학교에 올 때마다 봤지만 늘 똑같은 얼굴이었다. 표정이 하나밖에 없는 사람 같았다.

컵라면이 눈앞에 놓이니 더 허기가 졌다. 배고픔을 달래려고 허겁지 겁 먹었다. 역시 배고플 때 먹는 라면이 가장 맛있다. 배가 부르니 다시 머리가 돌아갔다. 어떻게 하면 범인이 당황할지 고민했다. 고민 끝에 범인을 당황하게 할 말을 은근슬쩍 내뱉었다.

"라면 참 맛있네요. 라면도 먹었으니 이슬비를 찾아 나서야겠습니다. 저는 범인이 누군지는 모르지만 이슬비를 어디에 가두어 두었는지 대략 어림이 가거든요."

나는 아무렇지 않은 척하면서 세 사람이 보이는 반응을 살폈다.

"거기가 어딘가요?"

오현철 선생이 엉덩이를 들썩였다. 나와 같이 따라나설 기세였다. 그렇지만 진짜 움직이지는 않았다.

"교감 선생님, 혹시 동생 분이 얼마 전까지 공장을 운영하셨죠?"

"설마, 문 닫은 제 동생 공장에 슬비 학생이 감금되어 있다는 건가요?"

허기영은 정색을 했다.

"도대체 그렇게 판단하는 근거가 뭡니까? 지금 저와 슬비 학생 실종 사건이 관련이 있다고 여기시는 겁니까?"

허기영은 발끈하며 따져 물었.

권영근은 이번에도 아무런 반응을 보이지 않았다. 학폭위가 열릴 때 보았던 표정과 똑같았다. 냉정하고 침착한 얼굴 그대로였다. 자신이 근무하는 학교에서 여학생이 실종되었는데 저렇게 아무런 흔들림 없이 감정을 드러내지 않다니, 참으로 이상한 사람이었다.

교감이 내게 되묻는 말에 대답하지 않고, 남은 라면을 마저 먹었다. 국물까지 깔끔하게 다 비우고 나니 기운이 좀 났다. 마지막 국물을 마시다 사레가 든 듯 기침이 나왔다. 목도 따끔했다. 그런 나를 보더니 오현철 선생이 재빨리 일어나서 다용도실로 갔다. 바로 올 줄 알았더니 조금 시간이 걸렸다. 오현철 선생은 시원한 물을 떠서 가져왔고, 찬물을 마시니 속이 조금 풀렸다.

내가 던진 승부수는 통하지 않았다. 세 사람은 모두 아무렇지 않게 소파에 앉아 있었다. 초조해 보이는 사람도 없었고, 당장 찾으러 가자는 사람도 없었다. 이 중에 범인이 있다면 수상한 반응을 보이는 사람이 분명히 있을 텐데, 아무리 살펴도 눈에 띌 만한 반응을 찾지 못했다.

'뭐야? 범인이 강철 심장인가? 아니면 그 장소가 틀린 건가?'

그러다 허탈해졌다.

'내가 정말 중1짜리 말을 믿은 거야? 범인은 한세민이잖아.'

어린 학생이 추리한 걸 곧이곧대로 믿은 내 자신이 한심했다.

"어유, 라면 잘 얻어 먹었습니다."

그러고는 일어나려는데 문을 두드리는 소리가 났다.

문이 열리고 또다시 나타난 그 여자, 정말 질기게도 마주친다.

"어휴, 여기 다들 계셨네요. 모두 고생이 많으신데, 제가 도와드릴 일은 없고, 그래서 커피를 사 왔어요. 이 앞 카페에서 사 온 커피예요. 한 잔씩 드세요."

김민주는 커피를 한 잔씩 나누어 주었다. 거절하고 싶었지만 피곤한 상태라 커피가 끌려서 어쩔 수 없이 받았다.

"우리 준서, 잘 부탁합니다. 이런 일을 겪으니, 부모로서 참 가슴이 아파요."

김민주가 말했다.

"아이들이 크면서 이런저런 실수를 할 수 있죠."

허기영이 말했다.

"감사합니다. 교감 선생님!"

김민주가 머리를 숙였다.

"오 선생님 잘 부탁드려요."

김민주가 말했다.

"아, 네 뭐. 담임으로서 잘 가르치지 못한 제 불찰도 큽니다."

오현철이 말했다.

"그리 말씀해 주시니 감사해요. 앞으로 우리 준서가 잘못하면, 따끔하게 야단쳐 주세요."

김민주가 말했다.

"그럼요, 그럼요. 요즘은 지나치게 애들을 오냐 오냐 키웁니다. 따끔한 훈육이 필요하죠."

허기영이 말했다.

빈 껍질밖에 없는 대화가 오가는 곳에 머물고 싶지 않았다. 교감실을 나가고 싶지만 커피를 받자마자 나가기가 어색했다. 그때 벨소리가 울렸다. 휴대 전화를 확인했다. 반가운 얼굴이었다.

"어, 홍 형사!"

내가 좋아하는(!) 여 형사다.

"잠깐만, 저 죄송합니다. 급한 전화가 와서 밖에 나가서 통화하겠습니다."

나는 커피 잔을 든 채 교감실 밖으로 나왔다.

"홍 형사가 웬일이야?"

"그 동네에 이상한 소문이 돌아서."

"이상한 소문?"

"재벌가 손녀가 납치를 당했다던데, 맞아?"

"벌써 홍 형사 귀에까지 들어갔어? 이거 극비인데."

"극비는 무슨, 이미 SNS를 통해 빠르게 퍼지고 있는데."

"이거 난리 났군."

"극비 수사면 빨리 처리해. 이미 기자들이 냄새를 맡고 달라붙었어."

"골치 아프네."

"풀릴 낌새는 보여?"

"용의자가 잡히긴 했는데, 명쾌한 증거가 나왔음에도 자백을 아직 안 했어."

"용의자가 누구야?"

"실종된 여학생이 다니는 학교 기간제 여교사야."

"기간제 여교사가 학생을 납치했다고? 왜?"

"평소에 조금 쌓인 게 많았나 봐. 뭐 곧 자백을 하겠지. 그럼 사건이 끝날 거야."

"잘됐네. 해결되면 전화 줘."

"히히, 그야 당연하지."

전화를 끊었는데도 웃음이 멈추지 않았다.

"누구랑 통화하기에 그렇게 행복하게 웃으세요?"

홍구산이었다.

"관심 끊어라, 사생활이다."

내가 말했다.

"와, 커피다! 향이 좋네요."

홍구산은 커피에 눈독을 들였다.

"어허, 어린 녀석이 커피는……."

내가 말했다.

"커피는 어른들만 마신다는 편견은 버리세요."

홍구산이 말했다.

"그만 욕심내라."

내가 말했다.

"어떻게 됐어요?"

홍구산이 물었다.

"안 그래도 내가 들어가서 2가지 질문을 했어."

나는 안에서 나눈 대화와 반응을 그대로 전했다.

홍구산은 가만히 팔짱을 끼고 골똘히 생각에 잠겼다. 깊이 생각에 잠긴 홍구산을 보느라 커피를 마시는 것도 잊어 버렸다.

"형사님, 전 범인이 누군지 알겠어요. 그리고 이슬비도 그 공장에 있을 거예요. 최소한 그 공장 근처에 있는 건 분명해요."

"뭐라고? 정말? 범인이 누군데?"

내가 전하는 내용에서 범인을 유추할 만한 증거가 있었을까? 나로서는 아무리 되짚어 봐도 이상한 점이 보이지 않았다. 내가 전하는 말만 듣고 범인을 알아채다니, 사실이면 이 녀석은 그야말로 괴물이다.

"빨리 가요. 그곳에."

"뭐? 우리가?"

"지금 이슬비를 찾는 일보다 급한 건 없잖아요. 설명은 찾고 나서 해도 늦지 않아요. 아무래도 한시가 급해 보여요."

홍구산이 나를 다그쳐서 하는 수 없이 대로변에 세워 둔 내 차로 갔다. 내 옆자리에는 홍구산이 탔다. 운전대를 잡는데 곧바로 피곤이 몰려왔다. 나는 그제야 커피를 마시지 않은 게 떠올랐다. 졸음을 쫓기 위해 커피를 마셨다.

"히히, 커피 향 좋네요. 저도 한 모금 마셔도 되죠?"

옆에 앉은 홍구산이 커피를 탐냈다.

"어린 녀석이 커피 참 좋아하네. 오늘은 특별히 마시게 해 줄게."

하품을 하면서 내가 말했다.

"감사합니다."

홍구산이 내게서 커피를 받아 한 모금 마셨다.

"형사님, 피곤해 보이세요. 커피 더 드세요."

홍구산이 커피를 다시 나에게 건넸다.

나는 졸음을 쫓으려고 커피를 빠르게 마셨다. 커피를 전부 마셨지만 졸음이 가시지 않았다.

"앗! 조심하세요!"

홍구산이 소리를 질렀다.

사거리에서 하마터면 사고를 낼 뻔했다. 정신을 차리고 조금 더 직진했다.

"저기 사거리에서 좌회전이요."

홍구산이 가리켰다.

나는 좌회전을 했다. 그곳은 작은 공장이 밀집해 있는 공단 지역이었다. 내가 가는 길 쪽에는 돌아가는 공장이 하나도 없었다. 공장이 거의 다 떠나 버린 곳임을 실감했다. 고장 난 가로등이 많아서 거리도 어둑어둑했다. 간간이 버려진 차들이 음산함을 더했다. 경찰이 수색 중이라고 하는데 워낙 넓은 지역이라 경찰이 눈에 띄지는 않았다.

"저 앞 사거리에서 우회전하세요. 우회전해서 그다음 삼거리에서 좌회전하면 그 공장이에요."

작은 사거리에 차를 오른쪽으로 틀었다. 머리가 어지러운 건지 차가 흔들리는 건지 구분이 되지 않았다. 겨우 우회전을 하고 직진을 하는데 눈이 정신이 혼미해졌다. 홍구산이 뭐라고 말하는데 무슨 말인지 들리지 않았다. 삼거리에서 운전대를 왼쪽으로 분명히 돌렸는데, 차는 비틀거리기만 할 뿐 왼쪽으로 움직이지 않았다. 차가 휘청거리는지, 내 몸이 휘청거리는지 모르겠다. 몸이 말을 안 듣는다. 손이 안 움직인다. 몽롱하다. 이러면 안 되는데…….

18 불꽃

홍구산 ● 프로파일러

자동차는 전봇대에 충돌하고 인도로 올라온 뒤에 벽을 정면으로 들이받고서 멈춰 섰다. 운전석 유리창이 깨졌고, 차 앞은 찌그러졌으며, 에어백은 운전석 자리만 터졌다. 김동연 형사는 눈을 감은 채 꼼짝하지 않았다. 김동연 형사 코에 손을 댔다. 숨은 안정된 상태였다. 피가 나는 곳도 없었다. 그냥 정신만 잃은 듯했다. 차에 처음 탈 때부터 상태가 안 좋더니, 결국 사고를 냈다.

나도 정신을 차릴 수 없었다. 사고 충격 때문인지 머리가 아팠다. 판단력도 몸과 함께 무뎌졌다. 움직이고 싶지 않았지만 가만히 있을 수는 없었다. 다급했다. 재빨리 차 문을 열고 밖으로 나갔다. 나가면서 수동으로 문을 잠갔다. 바람이 머리를 조금 맑게 했다. 그래도 여전히 졸리고 흐리멍덩했다. 이런 상황이면 이슬비가 저 공장에 있는 게 확실하다. 나는 비틀거리며 공장으로 걸어갔다. 뛰어가고 싶었지만 몸이 말을 듣지 않았다. 공장 정문으로 다가가는데 뒤에서 불빛이 느껴졌다. 얼른 전봇대 뒤에 몸을 숨겼다.

잿빛 차 한 대가 사고가 난 차 옆으로 다가왔다. 차에서 한 사람이 내렸다. 윤곽만 보였지만 내가 짐작한 바로 그 사람임이 확실했다. 그 사람은 김동연 형사가 쓰러진 차 안을 살폈다. 그러고는 내가 내린 차 문을 손으로 잡아당겼다. 내가 문을 잠근 탓에 열리지 않았다. 그 사람은 운전석 쪽으로 가더니 깨진 유리창 안으로 손을 넣어 차 문을 열었다. 그러고는 반대편으로 와서 다시 차 문을 연 뒤에 안에서 뭔가를 꺼냈다. 그 사람은 다시 자기가 몰고 온 차에 올라탔다. 그 사람이 차를 정문 쪽으로 몰 줄 알았더니 골목을 돌아 뒷문으로 향했다. 나는 빠르게 공장 정문으로 들어갔다. 가로등이 희미하게 공장 안을 밝혔다. 공장 안으로 들어가 뒷문이 보이는 곳으로 갔는데, 곧이어 뒷문으로 들어오는 그 사람이 보였다.

아무래도 혼자 해결할 상황이 아니었다. 휴대 전화를 찾았다. 휴대 전화를 주머니에서 꺼냈다. 손에서 휴대 전화가 빠져나가 바닥에 떨어졌다. 휴대 전화를 다시 집어 들었다. 배터리가 분리되고, 액정은 깨져 버렸다. 다시 배터리를 넣어서 휴대 전화를 켰는데, 안 켜진다. 낡은 휴대 전화가 또 말썽이다. 엄마가 새 휴대 전화를 사 준다고 할 때 바꿀걸, 괜히 고집을 부렸다. 휴대 전화가 안 되면 몸싸움이라도 벌여야 하는데, 몸과 머리가 엉망인 상태에서는 무모한 시도였다.

   그 사람은 건물 안으로 사라졌다. 저 안에 이슬비가 있다. 이슬비가 위험하다. 여기서 죽일지도 모르고, 어딘가로 데려가서 죽일지도 모른다. 이 상황에서 이슬비를 그대로 살려 줄 범인이 아니다. 생각에 집중했더니 머리가 더 아팠다. 몸이 휘청거렸다. 더 이상 걷기도 힘들었다. 아스팔트가 아니면 바닥에 드러누워 자고 싶었다. 따뜻한 방이 그리웠다. 따뜻한, 뜨거운, 불, 그래 불! 위험물 저장소, 체험학습을 왔을 때 본 화기엄금이란 글씨가 붙은 간판이 기억났다.

   버려진 금속 막대와 쇠꼬챙이들이 발에 밟혔다. 날카로운 금속 막대를 집어 들었다. 주머니에서 배터리를 꺼냈다. 유류를 담았던 폐드럼통을 버려 두는 곳 앞으로 갔다. 희미한 가로등 불빛밖에 없었기에 글씨가 보이지는 않았다. 서두르면 서두를수록 몸은 더 의지대로 되지 않았다. 내게 의지가 있는지조차 불분명했다. 배터리를 바닥에 내려놓고, 날카로운 금속 막대로 내리찍었다. 한 방, 두 방, 배터리에서 불꽃이 일었다. 불꽃이 인 배터리를 폐드럼통이 있는 곳에 던졌다. 불꽃이 세차게 일면서 폐드럼통에 불이 옮겨붙었다. 그 사람이 들어간 건물 현관 옆으로 몸을 숨겼다.

   순식간에 불이 번지더니 폭발음과 함께 드럼통이 하늘로 치솟아 올랐다. 검은 연기도 하늘로 피어올랐다. 폭발음에 놀란 그 사람이 밖으로 튀어나왔다. 어찌할 바를 모르며 당황하는 사이에 나는 재빨리 그 사람이 튀어나온 건물 안으로 들어갔다. 복도 한가운데, 계단으로 내려가는 곳에 이슬비가 쓰러져 있었다. 그 사람이 지하실에서 이슬비를 끌고 올라오다가 폭발음에 놀라서 그대로 두고 달려 나온 듯했다. 이슬비는 손이 뒤로 묶이고 재갈이 물린 채 정신을 잃고 누워 있었다. 다행히도 아직 목숨은 붙어 있었다. 이슬비를 안아 들었다.

쾅~!

강력한 폭발음이 울렸다. 매캐한 연기 냄새가 코를 찔렀다. 냄새를 맡으니 머리가 빠개질 듯이 아팠다. 어지러워서 쓰러질 뻔했지만 이를 악물고 뛰었다. 문을 열고 뛰어나가다 그 사람과 마주쳤다. 그 사람은 수건으로 입을 막은 채 다시 들어오려고 하던 중이었다. 그 사람이 당황하는 사이에 그 옆으로 뛰어 도망쳤다. 잠깐 당황하던 그 사람은 소리를 지르며 뛰어왔다. 쇠막대기가 바닥을 긁는 소리가 들렸다.

쾅!

또다시 폭발음이 진동했다. 나는 온 힘을 다해 정문을 향해 뛰었다. 쫓아오는 소리가 들렸다. 정문이 얼마 남지 않았는데 날카로운 게 왼쪽 다리를 때렸다. 이슬비를 안은 채 그대로 앞으로 꼬꾸라졌다. 이슬비와 나는 동시에 바닥에 나뒹굴었다. 바닥에 몸이 닿으니 더 어지러웠다. 바닥에 엎어진 채 몸을 돌려 그 사람을 봤다. 희뿌연 가로등 불빛이 그 사람의 윤곽만 보여 주었다. 그렇지만 손에 든 쇠막대기는 똑똑히 보였다.

그 사람은 내 머리를 향해 막대기를 내리쳤다. 왼팔로 막았다. 끔찍한 고통이 찾아왔다. 그 사람은 다시 쇠막대기를 위로 치켜들고 내리쳤다. 왼팔로 막으면서 오른손으로 쇠막대기를 잡았다. 그 사람은 쇠막대기를 빼내려고 뒤로 힘을 주었다. 잡고 있던 쇠막대기를 놓았더니 그 사람이 뒤로 나뒹굴었다. 바닥으로 넘어졌던 그 사람은 재빨리 일어나 쇠막대기를 두 손으로 움켜쥐었다. 쇠막대기 끝이 날카로워 보였다. 뾰족한 끝이 내 몸을 겨냥했다. 내 뒤에는 이슬비가 있었다. 내가 피하면 이슬비가 찔릴 상황이었다. 머리가 새하얗게 변했다. 달리 방법이 없었다. 젖 먹던 힘까지 쥐어짜서 흐려져 가는 정신을 모았다. 쇠꼬챙이를 오른손으로 낚아채고 육탄전을 벌여야 한다. 그 방법밖에는 없었다. 이를 악물었다. 오른손에 힘을 주었다. 잡아채지 못하면 끝장이다.

  그 사람도 온몸에 힘을 모으는 게 보였다. 그 사람이 첫발을 내딛었다. 나는 오른손을 가슴 앞으로 옮겼다. 그때였다. 내 뒤에서 환한 빛이 나타났다. 강렬한 빛이 그 사람에게 쏟아졌다. 강한 불빛이 어둠 속에서 윤곽만 보이던 그 사람을 환하게 보여 주었다. 차 문이 열리고 다급한 발자국 소리를 들으며 나는 그대로 정신을 잃었다.

에필로그 1

단 한 가지 이유

김동연 ● 형사

💬 몸은 좀 괜찮냐?
💬 화장실 갈 때 빼고는 괜찮아요.

홍구산은 침상에 누운 채 깁스를 한 팔과 다리를 장난스럽게 흔들어 보였다.

💬 형사님은 어떠세요?
💬 약물 덕분에 푹 자고 일어났지 뭐.

나는 음료수를 침상 옆에 올려놓고 의자를 끌어와서 앉았다.

💬 미안하다, 나 때문에 네가 크게 다치고.

💬 형사님도 어쩔 수 없었잖아요. 약을 먹었는데 어쩌겠어요.

💬 그나저나 넌 그 사람이 범인인지 어떻게 알았어?

나는 며칠 동안 내내 궁금했던 질문을 던졌다. 경찰은 한세민이 범인이라고 철썩같이 믿었고, 다른 가능성을 조금은 인정하기는 했지만 나도 별반 다르지 않았다. 그런데 이 녀석은 조사도 하지 않고, 범인과 장소를 모두 정확히 집어냈다. 그렇게 판단한 근거가 무척이나 궁금했다.

💬 옷 때문이에요.

💬 뭐, 옷?

💬 네!

💬 옷 하나로 범인을 알고, 장소도 알았단 말이야?

💬 네!

💬 옷에서 무슨 증거나, 흔적을 발견하기라도 한 거야?

💬 아니요.

💬 그럼?

💬 옷차림이 바뀌었거든요.

💬 옷차림? 겨우 옷차림으로?

'어이없다'는 표현은 바로 이럴 때 쓰라고 있는 낱말이었다.

- 💬 늘 원피스에 화려한 옷을 입고 오던 사모님이 그날 오후에 처음으로 바지 차림으로 나타났어요. 물론 그 옷도 다른 사람에 견주면 화려하지만, 늘 입던 옷에 견주면 아주 수수했죠. 옷을 보고서 바로 의심이 들었어요.
- 🗨 겨우 그걸로 의심이 들었다고?
- 💬 잘 따져 보면 의심을 안 하는 게 도리어 이상해요. 산에 갈 때, 물놀이 갈 때, 바다에 갈 때, 고급 식당에 갈 때, 집 앞 가게에 갈 때 옷차림이 달라요. 이건 상식이에요. 이처럼 사람은 목적에 맞는 옷을 입죠. 과시를 통해 주목을 끌고 싶을 때는 화려한 옷을 입고, 활동을 위해서는 소박하고 단순한 옷을 입죠. 화려한 원피스, 높은 굽, 사치스런 액세서리는 과시하고 싶을 때 선택하는 옷이고, 준서 엄마는 늘 그런 옷차림으로 학교에 나타났어요. 맨날 그렇게 입고 나타난 의도는 뻔하죠. 그랬던 사모님이 뜬금없이 눈에 잘 띄지도 않는 색깔에, 더구나 바지를 입고, 굽 낮은 신발을 신고 나타났다면, 의심이 들어야 정상이죠.
- 🗨 이상하다고 생각할 수야 있지만, 그렇다고 범인이라니, 아직도 납득이 안 가.
- 💬 의문이 들면 질문을 해야 해요.

맞는 말이었다. 나는 의문이 들어도 그냥 넘어가서 학폭위를 제대로 처리하지 못했다. 그 반면에 홍구산은 의문이 들면 질문을 하고, 제대로 된 답을 찾으려고 하는 과정에서 진실을 찾아냈다. 그런 태도는 본받을 만했다.

🗨 왜 저렇게 수수하게 옷을 입고 왔을까? 내내 늘 화려한 옷을 입던 사모님이 왜 오늘따라 저런 옷을 입고 왔을까? 아침마다 민준서 엄마는 민준서를 학교에 데려다줘요. 그래서 그날 옷차림이 어땠는지 친구들에게 물어봤죠. 평소와 다름없이 화려하게 입고 왔다고 하더군요. 어떤 친구는 체육대회 중간에 민준서 엄마를 봤다면서, 엄청 화려하게 입고 왔다고 저에게 알려 주었어요.

💬 그럼 내가 그 세 사람과 대화를 나누고 있을 때 친구들에게 수소문해 본 거야?

🗨 나름 정보망을 활용했죠.

정보망이란 말을 듣자 그날 사건 수사를 할 때 들었던 의문이 다시 떠올랐다.

💬 안 그래도 물어보고 싶은 게 있었는데, 어떻게 1학년 1반 상황을 그렇게 잘 알고 있었어? 혹시 거기에도 네 정보망이 있는 거야?

홍구산이 빙그레 웃었다. 내 말이 맞다는 신호였다.

- 누군지 물어봐도 돼?
- 죄송하지만, 정보원은 익명일 때 가치가 있어요.
- 내가 안다고 무슨 일 나는 건 아니잖아.
- 그렇기는 하지만 굳이 밝히고 싶지는 않아요. 다만 사람은 겉으로 보이는 모습만 보고 판단하면 안 된다는 점만 말씀드릴게요. 1반 애들이 겉만 보고 잘못 판단하는 친구가 있어요. 사실은 엄청난 녀석인데, 애들은 잘 모르죠.

더 물어봐야 소용이 없기에 그만두었다.

- 아무튼, 아무리 의문이 들었다 해도, 옷차림으로만 범인을 추리해 내다니, 여전히 믿기지 않네.
- 글쎄요. 전 쉬웠는데……. 그 사실을 확인한 순간 더 이상 생각하고 말고 할 게 없었거든요. 점심에도 화려한 옷차림으로 나타난 사람이 오후에 자식을 데리러 올 때 수수한 옷차림으로 나타났다면, 그사이에 그럴 만한 사건이 있어야 하죠. 그럴 만한 사건은 단 하나뿐이에요. 무엇보다 민준서 엄마는 가장 강력한 동기가 있어요. 자식을 위해서라면 무슨 짓이라도 벌일 만한 사람이니까요.
- 범인은 그렇다 치고, 장소는 어떻게 안 거야? 권영근과 허기영이 용

의자일 때와 같은 근거로 판단한 거야?

▢ 교감 선생님이 범인일 때 추론했던 방법과 엇비슷해요. 운영위 부위원장인 민준서 엄마는 교감 선생님 동생이 운영하는 그 공장 위치를 잘 알고 있어요. 그렇다면 그곳에 이슬비를 감금해 두지 않았을까? 그런 생각까지는 자연스럽게 이어졌어요.

홍구산 목소리가 살짝 잠겼다. 목이 마른 듯해서 음료수를 건네주었다. 음료수를 마시고 홍구산은 다시 말을 이었다.

▢ 이 지점에서 드는 의문, 과연 학교 학생들과 교직원들 상당수가 아는 그 공장으로 갔을까? 이건 교감 선생님이 이슬비와 부딪쳤다면 어떤 일이 벌어졌을까를 추론하는 과정과 거의 동일했어요. 아주 치밀한 범죄자라면 그곳에 데려가지 않았겠죠. 재수없으면 들킬 수 있으니까. 그러다 두 가지를 검토하고 100%는 아니지만 가능성이 높다는 판단을 내렸어요. 먼저, 민준서 엄마가 이슬비와 마주쳐서 어떤 일이 벌어졌을까 검토해 봤어요.

그것은 사건 조사 보고서에 잘 나와 있다. 홍구산은 병원에 입원해 있느라 사건 내용을 알지 못했다. 그날 벌어진 일은 다음과 같다. 이슬비는 왕대현에게 몰래 자기를 빼돌려 달라고 부탁했고, 왕대현과 2시에 만나서 그 작전을 실행하기로 한다. 1시 50분에 이슬비는 위치추적기를 빼놓고 쪽문으로 가서 왕대현을 기다린다. 김민주는 아침에 민준서로부터 정경희에게 협박당한 이야기와 아들이 진수용과 함께 진술을 조작했는데 들킬 위기에 처했음을 전해 듣는다. 대책을 고민하던 김민주는 학교로 찾아와 교감을 만나고, 그 자리에서 민준서에게 들었던 것보다 사태가 훨씬 심각한 상황임을 알게 된다. 민준서를 나락으로 떨어뜨릴 증거를 이슬비가 쥐고 있다고 하자 혼란에 빠진다.

김민주는 어찌할 바를 모르고 학교를 빠져나가다 이슬비와 마주친다. 김민주는 이슬비를 회유도 하고, 협박도 하지만 이슬비는 꿈쩍도 하지 않는다. 위치추적기가 있었다면 바로 경호원을 불렀겠지만 그럴 수 없었다. 그 순간 민준서 엄마는 가방에서 마취제를 꺼내 이슬비를 제압한다. 김민주는 간호사 출신이고, 남편은 유명한 병원 원장이다. 늘 불안감에 시달리는 김민주는 호신용으로 마취제를 들고 다녔고, 그걸 이용해 이슬비를 잠재운 것이다. 증거가 담긴 휴대 전화는 빼앗았는데, 더 중대한 문제는 쓰러진 이슬비 처리였다. 이슬비가 깨어나 그 모든 걸 밝히면 큰 문제가 생길 수밖에 없었다.

> 둘은 아주 우연히 마주쳤을 테고, 민준서 엄마가 어쩌다 보니 이슬비를 제압했을 가능성이 높아요. 우연히 마주쳐서, 어쩌다 사건이 벌어졌다면, 그 짧은 시간에 완벽한 판단력으로 뒤처리를 해내기는 어려워요. 불완전한 판단, 긴급한 상황, 그렇다면 익숙한 곳으로 가게 되죠. 무엇보다 공장지대는 납치한 이슬비를 감금하기에 괜찮은

여건이에요. 우리 엄마 가게가 그 근처에 있어서 제가 그 공장지대를 잘 아는데, 현재 70~80% 정도 공장이 빠져나갔지만 아직 20~30%는 남아 있어요. 공장지대는 이슬비를 가두기는 좋지만, 재수없으면 운영 중인 공장일지도 모르고, 만약 실수로 목격자라도 생기면 범인으로서는 낭패죠. 그 옆 주택가는 아직 절반 정도 주민이 남아 있어서 목격당할 위험이 크죠. 그렇다면 그 공장이 딱이죠. 이쯤에서 둘째 질문을 던졌어요. 그런데 혹시 민준서 엄마가 보통사람보다 훨씬 치밀하고 냉정한 사람은 아닐까? 만약 그런 사람이라면 제 추론은 어긋나게 되죠. 앞서도 말했듯이 그 공장으로 가는 건 어쨌든 들킬 가능성이 있거든요.

의도치 않게 이슬비를 쓰러뜨린 김민주는 어찌할 바를 모른다. 그때 식당 뒤 창고로 들어가는 한세민을 발견한다. 순식간에 계획이 선 김민주는 일단 이슬비를 자기 자동차로 옮긴다. 김민주는 한세민이 들어간 창고 안과 밖 문을 모두 바깥에서 잠그고 교무실로 가서 한세민의 자동차 열쇠를 훔친다. 바로 그때 왕대현이 약속 시간보다 조금 늦게 쪽문 앞에 나타난다. 그렇지만 5분 정도 기다려도 이슬비가 나타나지 않자 다행이라 여기고 다시 작업을 하러 체육관으로 돌아간다. 김민주는 왕대현을 피하기 위해 기다린다. 왕대현이 사라진 뒤에야 쪽문으로 빠져나가서 이슬비를 한세민 차로 옮긴다. 일단 이슬비를 옮겨 놓을 장소로 허기영 교감의 동생이 운영했던 폐쇄된 공장으로 간다. 몇 번

가서 익숙했기 때문이다. 한세민 차로 재개발지구를 빠져나간 김민주는 CCTV를 피해서 공장으로 간다. 그때까지도 이슬비를 어떻게 처리할지 결정하지 못한다. 돌아올 때 일부러 규민산업 앞 CCTV에 한세민 차가 찍히게 만든다.

> 그때 생각난 게 바로 CCTV였어요. 만약 저 같았다면 절대 CCTV에 찍히는 허술한 작전을 쓰지는 않았을 거예요. 한세민 선생님에게 누명을 씌우려고 했다면, 가장 좋은 방법은 수사기관에 들키기 어렵게 증거를 남기는 거죠. CCTV는 너무 쉽고 편한 방법이거든요. 예를 들어 한세민 선생님 차에 이슬비 머리카락을 몇 올 남겨 두면, 경찰이 그걸 찾아서 밝혀내는 데 시간이 걸리고, 어렵게 찾은 증거이기에 경찰은 범인을 한세민 선생님으로 더 굳게 믿었을 거예요. 경찰도 사람인지라 어렵게 찾은 물증은 더 신뢰하게 되거든요. 그런데 범인이 차량을 CCTV에 일부러 노출시켰다는 것은 치밀함과 냉정함이 아주 높은 수준은 아니라고 판단할 만한 근거였어요. 따라서 민준서 엄마가 제 추론에 어긋나게 움직였을 가능성이 별로 없다는 결론으로 이어졌어요.

김민주는 학교에 돌아온 뒤 열쇠를 제자리에 놓고, 일부러 소리를 내어 창고 문을 열어 준다. 문소리가 들리자 한세민 선생은 문을 열고 나온다. 그때 김민주는 숨어서 한세민이 돌아가는 걸 보고 자기 차로 간다. 집으로 돌아온 김민주는 이슬비를 어떻게 처리할지를 두고 고민하다, 4시가 되자 일단 민준서를 데리러 간다. 민준서를 집에 데려다 놓고 이슬비 처리는 그때 결정하기로 한다. 그런데 이슬비 수사가 생각보다 빠르게 진행되고, 민준서가 정경희 납치에 얽히면서 모든 게 꼬여 버렸다. 김민주로서는 이슬비가 어떤 배경을 지닌 학생인지 파악하지 못했던 게 패착이었다. 만약 이슬비가 어떤 학생인지 알았더라면 김민주는 아마 납치를 하자마자 바로 이슬비를 죽이고, 한세민에게 뒤집어씌울 증거를 더 치밀하게 준비했을 가능성이 높았다. 또 하나 민준서가 엉뚱한 일을 벌인 것이 걸림돌이 되었다. 민준서가 정경희를 납치하는 일을 저지르지만 않았어도 민준서는 곧바로 집으로 갔을 테고, 그 뒤에 김민주는 차분하게 일을 마무리 지었을 것이다. 민준서가 정경희 문제로 발목이 잡히면서 뒤처리를 빨리 못하게 되어 꼬리가 밟혔고, 무엇보다도 홍구산이라는 예상치 못한 존재가 등장한 것이 김민주에게는 가장 큰 불행이었다.

▢ 솔직히 털어놓자면, 형사님과 차를 타고 갈 때만 해도 그 공장에 100% 있을 거라고 확신하지는 못했어요. 하지만 그 공장을 크게 벗어나지 않는 곳일 거라고는 확신했어요. 그러다 형사님이 약에 취해 쓰러졌을 때, 그리고 커피를 나눠 마신 저도 정신이 혼미해졌을 때, 확실히 깨달았죠. 손에 들고 있는 커피는 밖을 오가는 사람만 살 수 있는 건데, 그럴 만한 사람은 민준서 엄마밖에 없었거든요. 형사님

이 교무실에서 세 사람을 만나면서 한 질문에 세 사람은 놀라지 않았겠지만, 민준서 엄마에게는 엄청 놀라운 일이었겠죠. 정확했으니까! 그래서 형사님이 정신을 잃고 쓰러지자마자 이슬비가 100% 그 공장에 있다고 판단했고, 곧바로 공장으로 갔어요. 형사님에게 약을 먹인 민준서 엄마가 곧바로 올 테니까요.

학교에 머물며 사태를 지속해서 파악하던 김민주는 나와 대화를 나눈 뒤 밖에서 커피를 사들고 교무실로 온다. 교무실 밖에 있던 김민주는 내가 교무실 안에서 하는 말을 듣고 화들짝 놀란다. 김민주는 손에 들고 있던 커피에 평소에 지니고 다니던 마취제를 넣어 나에게 주었다. 만약 그 자리에서 커피를 마셨다면 나는 얼마 못 가 정신을 잃었을 테고, 김민주는 재빨리 빠져나가 이슬비를 다른 곳으로 옮기거나 죽였을 것이다. 그런데 운이 좋게도 때마침 전화가 와서 커피를 마시지 못했던 나는 차를 타고 가던 도중에 커피를 마셨고, 홍구산에게 한 모금 나눠 주었다. 그로 인해 나는 몇 분 후에 사고를 냈고, 홍구산은 한 모금 마셨지만 약 기운을 이겨 내고 이슬비를 구해 낸 것이다.

💬 그런데 아직도 풀리지 않는 의문이 있어요.
🗨 우리 소년 프로파일러께서도 풀지 못한 의문이 있나?

나는 은근 슬쩍 비꼬는 말투를 썼다. 그렇지만 한편으로는 홍구산을 프로파일러로 인정한 말이기도 했다.

- 에이, 왜 그러세요? 전 프로파일러로 불리기에는 아직 초짜예요.
- 알았어, 알았어! 그래, 궁금한 게 뭔데?
- 저는 폭발이 일어나면 그 지역을 수색하는 경찰이 가장 먼저 나타날 줄 알았어요. 경찰이 그 지역 일대를 수색하고 있다는 말을 형사님께 들었으니까요. 그런데 경찰보다 이슬비 경호원들이 먼저 나타났어요. 그게 어떻게 가능하죠? 설마 경호원들이 저희를 미행했던 걸까요?
- 그건 나도 몰라. 궁금해서 확인해 달라고 했는데, 그쪽에서는 아무것도 말해 주지 않았어.

그때 환자복을 입고 휠체어에 앉은 한 여학생이 들어왔다. 그 뒤로 검은 정장을 한 여자와 남자가 서 있었다. 바로 이슬비였다. 나는 홍구산에게 몸 관리 잘하라는 말을 남기고 그 자리를 피했다. 병실을 빠져나오는데 휴대 전화가 울렸다.

- 또 학폭위가 열려요? 이번엔 또 무슨 사건입니까?

에필로그 2

세 가지 요구

홍구산 ● 프로파일러

💬 고마워. 날 살려줘서.

💭 아. 뭐!

💬 목숨 걸고 싸웠다는 말도 들었어.

💭 목숨은 무슨…….

💬 아니야 겸손하지 않아도 돼. 네가 얼마나 현명하고, 용감했는지는 잘 아니까. 그래서 하는 말인데, 너…… 나랑 사귀자.

💭 뭐?

💬 나랑 사귀자고. 안 돼?

💭 하~~~ 참.

💬 사귀는 애 있어?

💬 그건 아니지만.

💬 그럼 나랑 사귀자. 나 보기보다 괜찮아.

💬 ······!

💬 내가 그렇게 싫어?

💬 싫은 건 아니야.

💬 그럼 왜 안 되는데?

💬 연애를 그렇게 쉽게 결정하면 안 되잖아.

💬 나, 쉽게 결정 안 했어.

💬 으······음.

💬 네가 거절하면 나, 계속 너 쫓아다닐 거야.

💬 ······!!

💬 너보다 멋진 남자는 본 적이 없어. 다들 찌질하고, 어리고, 잘난 척하고, 못났어. 그렇지만 넌 달라! 넌~~ 멋져♡

💬 ······!!!

💬 나랑 사귀자.

💬 흠~ 좋아. 그 대신 조건이 있어.

💬 조건? 뭐든 좋아.

💬 내가 바라는 세 가지를 들어줘.

💬 널 포기하라는 요구만 아니면 들어줄게.

💬 그건 아니야.

💬 그러면 얼마든지.

💬 첫째! 왕대현 아저씨 도움을 받아서 몰래 도망치려고 한 이유를 말해 줘.

🗨 음, 그건 밝히기 곤란한 비밀인데.

💬 그럼, 나도 네가 사귀자는 요구를 거절할게.

🗨 비밀로 지켜 줄 거지?

💬 나는 입이 무거워.

🗨 알았어. 나와 사귈 사이니까 알려 줄게. 뭐, 알고 보면 대단한 건 아니야. 우리 엄마는 지금 정신병원에 입원해 계셔. 엄마는 재벌가 막내딸이었는데 할아버지가 요구하는 결혼을 거부하고 사랑하는 사람과 결혼하려고 도망쳤어. 삼류 드라마에나 나올 법한 이야기지? 아빠는 가난했고, 나를 낳은 뒤에도 나를 키우기 어려워하다가, 결국 사고로 크게 다쳐서 오랫동안 앓다가 돌아가셨어. 엄마는 그 과정에서 별의별 일을 다 겪게 되지. 그런 이야기는 네가 나와 사귀면 그때 이야기해 줄게. 엄마는 아빠가 사고를 당한 뒤부터 우울증에 걸렸고, 아빠가 돌아가시자 아주 심해졌어. 심지어 자살 시도도 몇 번 했고. 엄마는 시련을 이겨 내지 못해 결국 할아버지에게 무릎을 꿇고 들어갔는데, 그때 엄마는 이미 내면이 완전히 무너진 상태였다고 해. 결국 엄마는 정신병원에 감금되었고, 나는 엄마를 만나 볼 수도 없게 격리됐어. 나는 종종 할아버지에게 엄마를 풀어 달라고 요구했지만 들어주지 않으셨어. 할아버지는 나를 누구보다 아끼고 사랑하셔. 손주 가운데 내가 하나뿐인 손녀거든. 그래서 내가 뭘 요구해도

다 들어주시는데, 그럼에도 엄마를 정신병원에서 풀어 달라는 요구는 절대 안 들어주시지 뭐야. 그래서 엄마를 정신병원에서 풀어 달라는 요구를 관철하려고 몰래 도망치려고 했어. 됐니?

🗨 그런 목적으로 탈출을 계획했으면 더 치밀했어야지. 나 같으면 그렇게 엉성하게 계획하지 않아.

🗨 맞아! 지금 생각해 보면 엉성했어. 하지만 그만큼 간절했지. 너를 미리 알았더라면 네 도움을 받았을 텐데.

🗨 좋아. 그럼 둘째! 나와 민준서 엄마가 싸울 때 경호원들이 경찰보다 먼저 나타났다는 말을 듣고 깜짝 놀랐어. 아무리 생각해도 말이 안 되거든.

🗨 알고 싶은 게 겨우 그거야?

🗨 궁금해서 미치겠어.

🗨 히히, 너는 궁금증을 정말 못 참는구나.

🗨 병이기도 하고, 장점이기도 하지.

🗨 체육관 공사하는 프리덤건설 김팽석 소장 알지?

🗨 물론, 알지.

🗨 김 소장이 민준서 엄마가 나를 납치하는 걸 목격했대. 나를 가둔 장소까지 따라가서 보았고. 그러고는 모른 척하고 있었어. 그 바람에 경찰 조사에서 김 소장 알리바이가 꼬였던 거야.

🗨 정말? 어처구니없네. 다 알면서 왜 그랬대? 설마 경쟁사 가족이 나쁜 일을 겪는 걸 즐기지는 않았을 테고……, 아! 그렇구나! 그걸로

거래를 시도했구나! 구시가지 재개발사업권을 두고 다투는 경쟁사이니……. 못된~!

▼ 못되긴 했지만 우리 작은외삼촌도 독해. 처음 연락을 받고 거래를 받아들였으면 바로 끝났을 텐데, 끝까지 협상을 벌이고 조금이라도 덜 손해 보려고 하다가, 할아버지한테 야단을 맞은 뒤에야 계약서에 서명을 했거든. 조금만 늦게 도장을 찍었다면 너랑 나는 죽었겠지.

▽ 그 사람, 납치방조범으로 처벌해야 하는 거 아냐?

▼ 서로 묻어 두고 가기로 했나 봐.

▽ 나 같으면 가만 두지 않을 텐데. 어쨌든 좋아! 궁금증 두 가지는 풀렸어.

▼ 이제 마지막 하나 남았네. 그게 뭐야?

▽ 마지막은 네가 해야 할 과제야.

▼ 뭐든 할 테니까 빨리 말해. 나는 정말 너랑 사귀고 싶어.

나는 이슬비 눈을 똑바로 바라보았다. 소문으로 듣던 차가움은 보이지 않았다. 맑고 깨끗하고 순수한 눈빛이었다. 이렇게 순수한 눈빛을 지닌 이슬비가 어떻게 그렇게 차갑고 냉정한 척하며 지냈는지 납득이 되지 않았다. 역시 사람은 겉으로만 봐서는 알 수 없다.

▼ 뭔데? 빨리 말해. 나, 빨리, 너랑 사귀고 싶단 말이야.

▽ 미혜에게.

💬 ……?

💭 미혜에게 사과해. 진심을 담아서.

에필로그 3

용서와 화해

임미혜 ● 학생

"미안해. 정말 미안해. 내가 그때는 정말 못됐어. 나도 그런 짓을 하면 안 되고, 나쁘다는 걸 아는데, 내 못된 성질 때문에 너한테 상처를 입혔어. 정말 미안해."

이슬비가 내게 사과를 했다. 믿을 수 없었다. 사과를 받는데 현실이 아닌 듯했다.

"용서해 줄 거지?"

이슬비가 그런 얼굴빛을 하는 것도 처음 보았다. 항상 차갑던 애가 장난스런 표정을 지으니 낯설면서도 재미있었다. 나는 빙그레 웃으며 고개를 끄덕였다.

"고마워! 넌, 내 은인이야."

이슬비가 내 손을 덥석 잡았다.

"그리고, 기분 나빠하지 말고 들어."

이슬비는 아주 조심스럽게 말을 꺼냈다.

"너희 아빠가 엄청 기술이 좋다는 이야기를 들었어. 그래서 우리 작은외삼촌에게 부탁했어. 네 아빠를 작은외삼촌 회사에 정규 직원으로 채용해 달라고. 또 작은외삼촌 회사 직원 아파트에 너희 아빠가 들어갈 수 있게 해달라고도 했어."

너무나 놀라운 이야기라 어안이 벙벙했다.

"작은외삼촌이 내 요구를 듣고 처음에는 무시하려고 했는데, 만약 내 요구를 들어주면 내 목숨 갖고 협상을 벌인 죄를 용서해 주겠다고 했지. 솔직히 작은외삼촌이 그 일로 내 눈치를 엄청 보고 있거든. 우리 할아버지가 나를 아주 아끼시는데 내가 단단히 토라져서 할아버지한테 작은 외삼촌 밉다고 하면 작은외삼촌도 곤란해져. 그랬더니 그 요구만 들어주면 용서해 줄 거냐면서 내 요구를 들어주기로 했어. 그것뿐이냐면서. 히히."

며칠 뒤 아빠는 알파종합건설에 정규직 직원으로 취업했다. 직위도 꽤나 높았다. 한 달 뒤에는 새 아파트에 입주했다. 세상에 그렇게 좋은 집에 살아보기는 처음이었다. 이슬비는 늘 나에게 잘해 주었다. 이슬비가 잘해 주자 다른 애들도 나를 다르게 보았다. 나는 왕따에서 벗어났을 뿐만 아니라 친구도 많이 생겼다. 가장 친한 친구 가운데 한 명이 경희다. 경희는 나와 마음이 아주 잘 맞는다.

홍구산은 가끔 우리 반에 온다. 여자친구인 슬비를 만나러 오기도 하지만 장경보와 수다를 나누려고 오기도 한다. 늘 잠만 자던 장경보는 홍구산이 오면 잠도 안 자고 신나게 떠든다. 장경보가 그렇게 아는 게 많은지 미처 몰랐다. 알고 보니 둘은 꽤 오래 전부터 가까운 사이였다. 한성미, 홍윤정, 박찬영, 배영진, 민준서는 우리 학교에 더는 다니지 않는다. 진수용은 그대로 남아서 학교에 다니는데, 처음에는 힘들어했지만 홍구산과 가까워지면서 괜찮아졌다.

시간이 갈수록 같은 학년 애들뿐 아니라 선배들도 홍구산을 두려워하게 됐다. 홍구산은 학생들 사이에 벌어지는 비밀을 거의 다 알았다. 심지어 애들이 자기 혼자 숨기고 있는 비밀도 알고 있었다. 홍구산은 상상할 수 없을 만큼 많은 정보를 쥐고 있었으며, 학교에서 잘나가는 애들과도 아주 친했다. 그 때문에 모두가 홍구산을 두려워했다. 홍구산으로 인해 우리 학교에서는 왕따가 사라졌고, 나쁜 짓을 벌이는 애들도 거의 없어졌다. 참 신기한 일이었다.